KB265228

LATIN ROMANCE

"난 강렬한 태양이 좋아요. 태양이 나를 남쪽으로 이끌었어요."
"사는 게 지루했어요. 모험을 하고 싶었어요."
"가장 먼 곳으로 가고 싶었어요. 사랑을 잃고 너무 힘들었거든요."
"남들이 쉽게 가지 않는 곳을 누구보다 먼저 가고 싶었어요. 난 특별하니까요."
"따뜻한 가슴을 만날 수 있을 것 같았어요. 순수한 관계를 만나고 싶다는 바람."
"그냥 라틴이 좋아요. 그 다듬어지지 않은 열정이 매혹적이에요."

우리가 라틴아메리카를 여행하는 이유는
천 가지도 넘었다.

LATIN ROMANCE

TEXACO Ⓣ TEXACO

CAFÉ BAR
RESTAURANT
INKA LLACTA
CANOTAJE
CAMPING CAFÉ
Restaurante
DESAYUNO
PANQUEQUE
MENÚ
OMELETES
SPAGHETTI
SANDWICH

LOCUTORIO
CALL CENTER

La Ribera
del
TANGO
AIRE ACONDICIONADO
AMERICAN EXPRESS
Cards Welcome
CAFE BAR
CAPUCINO
TORTAS
CHOCOLATE
Churros
75

CUERUS   Mechel   FABRICA
PASTAS
SALSA
VISA
VISA
Electron

53
29
P
DE ROCA - ALTE. BROWN
HOSP. ARGERICH
PQUE. LEZAMA - DEFENSA
SAN TELMO - PZA. DE MAYO
DIAGONAL NORTE
OBELISCO - SARMIENTO
LIBERTAD - TRIBUNALES
AV. CORDOBA - HOSPITAL
DE CLINICAS - GALLO
HTAL. DE NIÑOS - GÜEMES
PZA. ITALIA - PACIFICO
LUIS M. CAMPOS
HTAL. MILITAR - BCAS. DE
BELGRANO - JURAMENTO
AV. LIBERTADOR
ESTADIO OBRAS
EST. RIVADAVIA
GRAL. PAZ - OLIVOS
ARCOS - C. LARRALDE
ESTACION SAAVEDRA
PQUE. SARMIENTO
Parada
de ómnibus
y colectivos
ALTAMIRA
PARTIDO OBRERO

ALABSA

14
BrasilTelecom

라틴 로맨스

세상 끝, 내 삶에 바람이 불었다

LATIN ROMANCE

브라질, 아르헨티나, 페루, 볼리비아, 칠레
32일간의 라틴아메리카 배낭여행기

강수정 지음

소담출판사

차례

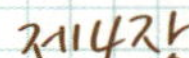

라틴은 달콤하고 황홀한 로맨스

세상 끝,
라틴아메리카에서 매일매일 로맨스를 꿈꾸다

"위험하지 않나요?"

라틴아메리카 여행을 계획하는 사람들의 첫 질문이다. 너무 멀어서 떠나기 쉽지 않을 뿐만 아니라 제대로 잘 알려지지 않았기 때문이다.

"자그마한 카페 안에서조차 로맨스를 느낄 수 있으니 위험하다면 위험할 수 있겠네요."

이것이 내가 감히 말할 수 있는 라틴아메리카 여행에 관한 진실 어린 속내다. 입장료와 관람료가 경비의 큰 비중을 차지하는 유럽과는 달리 라틴아메리카에서는 먹고 마시고 이동하는 데에만 경비를 쓰면 된다. 좁다란 골목길 안에서도 라틴의 풍취를 느낄 수 있으며 거리의 건축물만으로도 예술을 느낄 수 있다. 게다가 길다면 길고 짧다면 짧은 32일간의 여행기간 동안 단 한 명의 한국인과도 마주치지 않았으니 그 또한 얼마나 매력적인 경험인가.

라틴아메리카는 인도나 유럽처럼 방학 때만 되면 너도나도 배낭 하나 짊어지고 떠나는 여행길보다는 아직 덜 알려져 있다. 여행사들은 라틴아메리카를 '마지막으로 가봐야 할 곳'으로 선전하고 있지만 사실 라틴아메리카는 20대에 도전해봐야 할 여행지라고 감히 말하고 싶다. 우리나라에서는 지구 정반대편에 있으니 가장 먼 여행지인 셈이다. 경비를 줄여야 하기에 싼 티켓을 구입하게 되면 비행기 타는 시간과 경유하는 시간까지 합쳐 꼬박 서른 시간이 넘게 걸린다. 게다가 한번 탔다 하면 스무 시간은 기본인 버스 이동 거리와 고산 증세까지 겹치면 온몸은 녹초가 되고 만다. 그래서 거뜬히 체력이 버텨줄 나이, 20대에 꼭 가봐야 하는 것이다. 덜 시스템화되고 덜 파괴되고 덜 다듬어진 여행지로의 모험을 우선순위로 둬야 한다는 사실을 뒤늦게 깨달았다.

스무 시간은 타고 있어야 하는 버스 안에서 식사를 제공해주는 부끄러움 많은 현지 서비스맨의 친절한 눈인사와 잠든 승객에게 모포를 덮어주는 그의 따뜻한 손길은 라틴아메리카 전체를 느낄 수 있는 시작에 불과하다.

로맨스는 상대가 있어야 하고 교감이 분명 존재해야 하는 감정이지만 때론 일상에서 일방적인 감정만으로도 로맨스를 꿈꾸게 된다. 크로스 로맨스도, 휴먼 로맨스도 아니고, 그 결론을 예측하기 전에 그 자체만으로도 자신의 존재 의미를 찾게 되는 로맨스.

아침에 눈을 뜨고 그날의 일정을 체크하며 로맨스의 색깔을 가늠해보는 것이 라틴아메리카 여행의 매력이었다. 탱고의 본고장에선 탱고와 황홀한 로맨스에 빠지고, 와인의 고장에선 와인과 달콤, 쌉싸래한 로맨스를 즐기며, 길을 걷다 마주친 동네 꼬마들과 코카콜라를 걸고 내기 축구시합을 하며 그들에게 가슴을 열었다. 뜨거운 모래사막에선 샌드보드를 만끽하는 젊은이들의 향취에 동화되고 고산지대에선 심장을 짓누르는 야릇한 경험을 통해 가슴을 압도당했다. 가슴의 열림, 그리고 압도, 그것이 바로 로맨스의 본질 아니었던가.

"라틴아메리카를 왜 오게 됐니?"
"그냥 라틴아메리카가 좋아서요."
"사는 게 지루했어요. 모험을 하고 싶었어요."
"남들이 쉽게 가지 않는 곳을 누구보다 먼저 가고 싶었어요."
"여행 경비가 다른 곳에 비해 좀 비싸기는 하지만 거리상으로 한국에서 가장 멀리 떨어져 있잖아요. 그래서 결정하게 됐어요. 전 특별한 사람이니까요."
"남자 친구와 헤어지고 나서 너무 힘들었어요. 도망치고 싶은 생각이 간절했는데 가장 먼 곳으로 가야겠다 싶었어요. 그래서 3일 전에 라틴아메리카 여행을 결정하고 준비도 없이 도망치듯 오게 됐어요."
"라틴아메리카는 나이가 좀 있고 경험이 많은 분들이 온다고 알고 있었거든요. 인생에 대해 많은 이야기를 나누고 싶어서 이곳을 선택하게 됐어요."

우리나라와는 가장 먼 곳에 위치한 라틴아메리카. 처음 그곳에 발을 들이고부터 언어 장벽에 부딪쳤다. 간단한 영어도 통하지 않는 그곳에서 단체 배낭여행은 그 힘을 발휘

한다. 숙소와 기본 일정은 정해져 있지만 결코 형식적이지 않고 절대 자유를 구속하지 않는 틈새 여행길이다.

여행을 통해서 성장하고픈 생각이 강렬하다. 그리고 분명한 건 성장하게 된다. 홀로 여행을 떠나든 그렇지 않든. 라틴아메리카 여행을 하면서 뒤늦은 '성장통'을 앓았다. 그동안 누리지 못했던 경험들, 그동안 꺼내들지 못했던 추억들, 그리고 누구나 고민하고 있는 삶에 대한 생각들을 정리할 수 있었다. 라틴아메리카의 카페에서, 골목길에서, 그들의 정열 속에서 그리고 한 달간 함께한 동반자들을 통해서. 여행지에서 놓치기 쉽고, 지나치기 쉬운 그리고 도전하기엔 머뭇거려지는 일들에 대한 단상을 적어놓은 이유도 바로 여기에 있다.

강수정

제1장 브라질과의 로맨스

브라질은 남아메리카 대륙의 절반을 차지하며
인구는 약 1억 9000만 명에 육박한다.
면적은 한국의 약 40배에 달하며 수도는 브라질리아다.
국기는 초록색은 숲, 노란색은 광물, 파란색 원은 하늘을 상징하며
하늘 안의 23개 별은 22개 주와 연방을 의미한다.
가운데 문자는 질서와 진보를 뜻한다.
공용어는 포르투갈어이며 원주민 언어가 통용되는 지역이 있다.
화폐 단위는 R$로 레알 또는 헤알이라 발음한다.
남반구인 브라질은 5월부터 7월까지 겨울이며 11월부터 4월까지 여름이다.
아마존을 중심으로 한 열대우림 지역은 연평균 기온이 25~27℃이고
8월과 9월을 제외하면 연중 다우 지역에 속한다.
중부 고원 지역과 해안 지역은 아열대기후이며 남부 지역은 온대기후다.
남미의 겨울 날씨는 우리의 가을 날씨와 비슷하지만
심한 일교차로 고생하는 경우가 종종 있다.
브라질에는 유럽, 아프리카, 남아메리카의 인디오 문화가 어우러져 있다.
인디오의 땅이었던 브라질은 1500년대 포르투갈에 의해 발견됐고
그 후 아프리카로부터 대규모로 흑인 노예들이 유입되면서 지금의 문화가 탄생하게 됐다.
국민의 대부분이 가톨릭이며 아프리카의 민속 종교 등이 신봉된다.
수돗물은 식수로 적당하지 않기 때문에 생수를 사서 마셔야 한다.
탄산이 들어간 콘가스(con gas)와 탄산이 안 들어간 셈가스(sem gas)가 있다.
한국에서 남아메리카 대륙으로 가는 항공편의 경우 미국, 캐나다를 경유하는 노선과
일본, 홍콩, 유럽, 아프리카를 경유하는 노선이 있다.
국내 항공 중에 브라질 상파울로로 가는 직항편이 있어 한번에 갈 수도 있다.

안개 자욱한 리우데자네이루의 예수상을 훔쳐보다

라틴아메리카의 겨울 안개를 상상해봤는가? 라틴아메리카에도 겨울이란 계절이 있느냐는 질문을 의외로 많이 받았다. 그리고 나 또한 라틴아메리카는 항상 따뜻하고 온화한 계절만 존재할 거란 생각을 한 적도 있었다. '정열의 나라'라는 수식어가 늘 붙어 있는 그곳에 계절 순서상 겨울을 표기할 뿐 겨울다운 겨울이 있을까 하고 말이다. 그런데 라틴아메리카에선 '겨울'이란 단어 하나로 설명하기 아까운 야릇한 날씨들이 연출되곤 했다. 작위적으로 만든 것 같은 묘한 분위기가 시간대별로 변화무쌍한 변신을 했다. 코르코바도 언덕에서 도시 전체를 한눈에 내려다보고 있는 예수상을 보러 가는 길에서 만난 브라질의 날씨가 그랬다.

여행 떠나기 전 한 장의 사진을 봤다. 두 팔을 벌리고 서 있는 예수상과 나란히 두 팔을 벌리고 서 있는 인물 사진이었다. 예수상의 높이가 400미터에

육박한다는 설명을 읽고 그 크기를 상상만으로 가늠하곤 했었다. 그러다 우연히 발견한 그 사진에서 예수상 밑에 운집한 사람들을 보고 놀라움을 금치 못했다. 세계 7대 불가사의에 뽑힌 것에 대해 논란이 없는 건 아니지만 그것이 예수상에 대한 첫인상을 망치지는 않았다. 다행이었다.

예수상을 만나러 가기 전날 밤, 십자가 모양의 불빛 하나가 까만 밤하늘에 매달려 있었다. 네온사인이 가득한 도심의 불빛에 가려 처음엔 발견하지 못했다. 게다가 늦은 밤에 리우데자네이루에 도착한 관광객에겐 예수상의 위치를 파악하기가 더욱 쉽지 않았다. 멀찌감치 보이는 작은 불빛 하나가 예수상이라고 큰 소리 치는 한 남자의 손끝을 따라 그 위치를 제대로 찾는 것도 만만치 않았다. 그 크기가 너무 작아서 공기 좋은 시골에서 만났던 반딧불을 연상케 했다. 그나마 밤에는 불빛으로 그 위치를 파악할 수 있지만 환한 대낮에도 눈에 담아낼 수 있을까 궁금증은 더해갔다.

몸을 뒤척이다 새벽녘에 그 자리를 다시 찾았다. 붉은 해돋이를 듬뿍 담고서 여전히 불빛을 내뿜고 있는 예수상을 넋을 잃고 바라봤다. 그 크기는 작아 보였지만 워낙 급경사에 세워져 있어서 거리상으로 따진다면 한걸음에라도 달려갈 수 있을 것 같은 가까운 위치라는 생각이 들었다. 어느덧 해는 떠오르고 환한 하늘이 드러나자 예수상 전체가 한눈에 보였다. 처음 성당 안으로 들어갔을 때의 기억이 떠올랐다. 덜컥 문을 힘차게 열고 들어갔지만 세상과는 전혀 다른 경건한 분위기가 엄습했다. 발걸음은 조용해지고 숨 고르기를 여러 차례 했지만 정작 심장은 어찌할 줄을 몰라 쿵쾅대는 기분을 느껴본 적 있었다. 도심의 아침은 분주하고 바쁘기만 한데 나 홀로 성당 안에 남아 있는 그때 그 순간과 같은 기분이 엄습해왔다. 예상했던 것보다 훨씬 더 감동적이었다. 그건 종교적인 신념을 떠나서 누구나 느낄 수 있는 영험함이었다. 여행지에선 종교에 얽매이지 않으려 한다. 때론 종교가 여행의 감동을 뒤바꿔놓기도 하고 헛된 망상 속으로 더욱 빠져들게 하기 때문이다.

　수십 번 예수상을 보기 위해 오르내린 이들도 구름 한 점 없는 맑은 날을 만나는 것이 결코 쉬운 일은 아니라고 했다. 삼대가 덕을 쌓아야 볼 수 있다는 지리산 해돋이에 대한 우스갯소리를 이곳에서도 어렵지 않게 들을 수 있었다. 그냥 하는 소리겠거니 하고 무시하고 싶지만 뒤돌아서면 찜찜한 기분을 감출 수 없는 건 어쩔 수 없었다. 바다와 근접해 있고 해발고도가 높은 급경사의 산지에 위치한 예수상 정상은 기류의 변화가 심할 수밖에 없다. 날씨 변화가 심해서 맑은 날을 만나기 어려운 것도 바로 이 때문이지만 막상 머릿속은 삼대를 거슬러 올라가고 있을 터.

　산악 관광 열차를 타고 오르는 동안 겨울 안개가 살포시 내려앉았다. 내심 삼대가 쌓은 공을 따지기 이전에 맑은 날을 기대했던 건 사실이다. 그런데 희뿌연 겨울 안개를 만나는 순간 생각은 완전히 달라졌다. 겨울 안개 때문에 예수상을 못 볼 거라는 불안감을 느끼는 이는 거의 없는 듯했다. 겨울 안개를 감상하는 분위기로 뒤바뀌었기 때문이다. 온 세상을 몽롱하게 만들고 있는 안개에 감탄하고 있는 사람들의 얼굴을 봤다.

　예수상이 바로 눈앞에 서 있음에도 불구하고 찾을 수 없을 정도로 안개가 짙었다. 안개 속을 걷는 것인지 구름 위를 걷는 것인지 야릇한 분위기는 계속되었다. 예수상의 위치를 묻는 질문이 이어졌고 도대체 어디에서 예수상이 나타날지 긴장의 순간이 지속됐다. 하얗게 내려앉은 차디찬 안개를 두 눈을 감은 채 음미했다. 그때 고함 소리가 들렸다. 안개 사이로 커다란 눈과 마주

Brazil 31

쳤다. 크게 뜨진 않았지만 그윽한 눈으로 바라보던 그 눈은 점점 얼굴 전체를 뒤덮은 안개를 걷어내고 있었다. 예수상은 내게로 가까이 다가서려는 듯 성큼 다가와 있었다.

"오!"

"와!"

"어머!"

"오 마이 갓!"

감탄사만 무성했다. 뒷말을 이을 정신이 없었다. 상상했던 것보다 더 큰 크기에 놀랐다. 안개로 가려져 있어 감동은 더욱 컸다. 그 정도로 가까이 있을 거라 예상치 못했는데 불쑥 내 앞에 나타난 예수상에 할 말을 잃었다. 안개는 그 후로도 예수상과 숨바꼭질을 하게 만들었다. 아예 바닥에 드러누워서 예수상을 기다리는 이들도 있었다. 잠깐 모습이 드러날 때마다 감탄사도 이어졌다.

예수상과의 만남은 드라이아이스 같은 안개 속에서 한참 동안 이뤄졌고 코르코바도 언덕을 내려오는 길엔 그 어떤 말도 필요치 않았다. 여행 기간 중 가장 엄숙한 날을 보냈던 기억뿐이다.

운치 있는 산악 열차를 타고 예수상 곁으로 가다

브라질 독립 100주년을 기념해 만들었다는 거대 예수상은
리우데자네이루를 상징하는 대표적인 건조물이다.
코르코바도 언덕 정상에 자리한 38미터 높이의
거대 예수석상은 브라질인 에이토르 다 실바 코스타가
설계하고 폴란드계 프랑스 건축가 폴 란도프스키가
1931년 10월 12일에 세웠다.
프랑스에서 만들어진 뒤 브라질로 옮겨져 조립됐다.
관광객 대부분은 스위스에서 도입한 산악 관광 열차를 타고
올라간다. 느린 속도로 운행되기 때문에 코르코바도 언덕을
오르는 동안 자연적 운치를 더불어 느낄 수 있다.
예수상은 리우데자네이루의 기원이 되는
동쪽 과나라바만 입구를 바라보고 있으며 이를 기준으로
왼팔은 중심부인 센트로를, 오른팔은 코파카바나 해안과
이파네마 해안인 남부 지역을 가리키고 있어 시가지 전체를
파악할 수 있다. 한 개의 철로에 정원 120명의 기차로
30분 정도 올라간다. 왕복 35헤알이다.
511번 메트로 버스를 타고 10여 분 정도 가니 입구에
도착했다. 버스비는 3헤알이다.

사랑하는 사람과
나누고 싶은 풍경,
팡데아수카르

익숙함.

파란 눈, 백색 피부의 연인이 키스를 한다. 주위의 시선은 아랑곳하지 않고 서로에게 푹 빠져 있다. 익숙한 영화의 한 장면을 보는 듯 부러움과 사랑스러움이 한데 뒤섞여 아름다운 장면이 연출된다. 그 순간을 놓치지 않고 빤히 바라보는 시선들. 대부분 동양인이다. 정확히 말해 한국인이다. 그런데 만약 그 연인이 한국인이었다면 우리의 반응은 어땠을까.

"미쳤어! 쟤네 미쳤나 봐!"

"꼴불견이다. 꼭 외국 나와서 저런 추태를 부린다니까."

"쟤네 한국인 맞지? 아닌가. 한국인 맞잖아. 얼굴 동그란 게."

거부하고 싶은 낯선 장면일 것이다. 우리네 정서는 은밀함에 익숙하다. 그런데 팡데아수카르에 올라 선 뒤론 모든 것을 문화의 잣대로 나누고 싶은 마

음이 싹 사라져버렸다. 첫눈에 반한 상대라도 만날라치면 두 손 꼬옥 붙잡고 끝없이 펼쳐진 수평선과 유유히 떠 있는 요트들을 바라보고 싶다. 홀로 서서 감상하고 있는 현실이 서글프다고 해야 할까. 사랑하는 이와 나누고 싶은 공간, 그곳은 바로 팡데아수카르다.

라틴아메리카로 여행을 다녀온 이들에게 가장 좋았던 장소를 물어본 적이 있다.

"어디가 가장 기억에 남니?"

"팡데아수카르요!"

"그게 어디였지?"

"왜 거기 있잖아요. 브라질에서 케이블카 두 번 타고 올라간 곳이요!"

"아! 거기! 맞아! 거기 굉장히 환상적이었지!"

여행 다녀온 지 한 달만 지나도 지명이 헛돌았다. 애써 외우려고 수차례 반복하면 모를까 입에 딱 달라붙지 않는 지명들이 라틴아메리카엔 유독 많다. 그런데 또박또박 지명을 기억하며 브라질, 아르헨티나, 페루, 칠레, 볼리비아를 통틀어 가장 기억에 남는 장소가 팡데아수카르라고 대답한 이들이 많았다.

팡데아수카르에선 관광을 하려고 몰려다니는 이들이 거의 없다. 자유롭게 띄엄띄엄 파라솔 밑에 자리를 잡고 앉아 보타포고 해안과 예수상이 있는 코르코바도 언덕을 감상하는 데만도 하루가 다 지난다. 걷거나 듣는 관광이 아닌 마음으로 하는 관광으로 충분한 장면을 담을 수 있었다.

꽤 분위기 있는 한 외국인이 다가왔다. 처음엔 나를 지나쳐가는 것이려니 생각했다. 그런데 그게 아니라 곧장 내 앞으로 다가오는 것이 아닌가. 살짝 미소를 머금었는데 자연스러운 미소로 답례하지 못했다. 내 뒤에 누군가가 그를 반기고 있을 거란 판단에서였다. 그때 내 앞에 멈춰 선 그가 말을 건넸다.

"죄송한데 사진 한 장만 찍어주실래요?"

뚫어져라 눈만 껌뻑이던 나는 긴장을 풀고는 배시시 웃으며 그러겠다고 했다. 셔터 누르기 전 프레임 속에서 환하게 웃고 있는 그를 바라보곤 나도 모

이른 아침, 숙소에서 일어나 홀로 산책을 나갔다. 대로를 무단횡단하면서 가까이 있는 해안가를 찾았다. 신호등은 있지만 무시하는 것이 이들의 특징이었다. 횡단보도도 없는 찻길을 차가 없는 틈을 잘 공략해 건너고 있었다. 그것이 자연스러운 모습인데 처음엔 무척 서툴렀다. 녹색불이 켜져야 안전하다는 당연하고도 오래된 습관 때문에 그들의 분위기에 맞춰 제멋대로 눈치껏 건너도 된다는 현실을 받아들이기가 쉽지 않았다. 처음 서너 번은 홀로 건너는 건 꿈도 못 꿨다. 한두 명 모일 때를 기다렸다가 따라서 행동하곤 했다. 그러던 것이 하루 이틀 지나고 나니 재미가 붙었다. 숙소 앞의 대로를 건너겠다고 결심한 것도 이 때문이다. 무단횡단으로 길 건너편으로 건너가니 출근하기 위해 잘 차려입고 버스를 기다리는 사람들부터 짧은 운동복을 입고 아침 조깅을 즐기는 이들뿐만 아니라 해안가에서 웃통을 훌떡 벗고 선탠을 즐기는 아저씨까지 다양한 이들이 있었다. 수십 개의 요트를 바라보며 거니는 산책길 또한 아름답기 그지없었다. 해안의 이름은 알 수 없었지만 아름답고 평화로웠다.

르게 크게 미소를 지었다. 순간 또 착각의 늪으로 빠져들었다. 이놈의 몹쓸 병. 사진기를 건네면서 한마디도 묻지 못했다. 익숙하지 않아서다. 솔직히 다시 한번 그곳에 가게 된다면 낯선 여행자와 따뜻한 커피 한 잔 나눌 기회를 한 번쯤은 만들어보고 싶다.

그날 팡데아수카르에 올라서서 그 해안의 이름을 알게 됐다. 바로 보타포고 해안이었다. 팡데아수카르에 올라서서 보니 아침에 산책한 곳을 발견할 수 있었다. 아침엔 모르고 나선 길이었는데 아름다운 풍경을 혼자서 가봤다는 느낌이 무척 새롭게 다가왔다. 홀로 나서는 산책길에 두려움이 전혀 없지는 않았다. 그러나 망설이다 나가지 않았더라면 그 아름다운 해안가를 걸어보지도 못했을 것이다. 여행길에서 항상 조심해야 하는 건 당연하지만 결국 공포는 내 자신이 키우고 있었다.

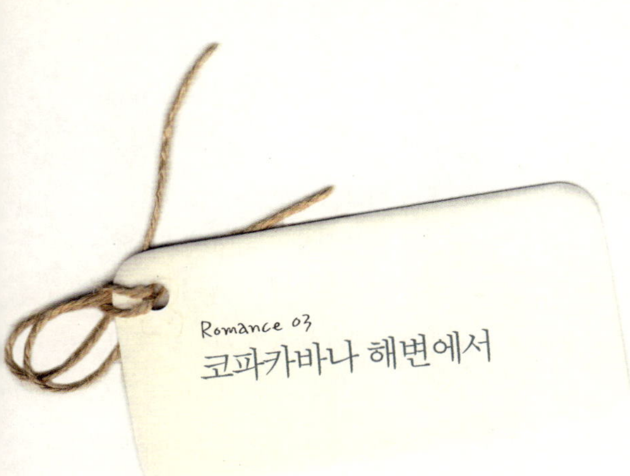

여행지에서 생일을 맞이하게 된다면? 그 사실을 입 밖으로 토해내느냐 마느냐에 따라 기억에 남는 이벤트가 또 하나 생길지 말지가 결정된다. 곁에 가족이 있다면 입 꼭 다물고 생일을 기억해내는지 못 해내는지 심통을 부릴 수 있는 절호의 기회도 되지만 여행지에서는 뻔뻔스럽게 스스로 발설하지 않으면 그 누구도 알아주지 않는다. 아니, 관심도 없을 것이다. 처음 만나는 이와 통성명을 하고 어김없이 뒤따라붙는 "몇 살이냐?"는 질문에 대한 답이다.

"다음 주 월요일이면 제가 서른여섯 살이 되는군요!"

조금은 어색한 사이일지라도 머나먼 타국에서 생일을 맞이한다는데 나 몰라라 할 사람이 몇이나 되겠는가. 그래서 나는 브라질에서도 가장 아름다운 해변으로 손꼽히는 코파카바나 해변에서 뻔뻔한 생일을 보낼 수 있었다. 늦은 밤에 찾은 해변은 부산 앞바다를 연상케 했다. 기나긴 모래사장과 큰길 하나

사이로 카페가 쭉 늘어서 있는 모습이었다. 해운대와 광안리를 합친 모래사장 길이가 대략 3.2킬로미터라고 하는데 그것보다 1.3킬로미터 더 긴 무려 4.5킬로미터의 모래사장이 한눈에 펼쳐져 있다. 리우데자네이루의 해안에 있는 모래는 대부분 단단한 석영질로 이루어져 거센 파도에 휩쓸려 떠내려가지 않고 부드럽게 마모된다고 한다. 모래사장을 밟는 기분을 한마디로 표현한다면 '서걱서걱' 정도. 그런데 의외로 굉장히 부드러운 모래가 발가락 사이로 빠져나가고 만다.

거친 파도 소리를 들으며 어두운 밤바다를 감상하다가 바다를 벗 삼아 술이라도 한 잔 기울이기 위해 카페를 찾았다. 안주를 시키면 나오는 감자튀김은 속살이 살아 있고 맛은 달콤했다. 라틴아메리카에서 감자는 빠지지 않는 요리 재료 중 하나다. 척박한 땅에 재배하기 적격인 감자는 그 첫맛이 조금의 과장을 덧붙여서 고구마와 닮았다. 그리고 끝 맛은 깔끔하게 딱 떨어진다. 감자를 좋아하지 않던 이들도, 튀김 요리는 다이어트에 방해된다는 이유로 멀리하던 이들도 라틴아메리카에서만은 다른 반응을 보인다. 정말로 맛있으니까.

테이블 끝에 케이크가 등장했다. 서른여섯 개의 초에 불이 밝혀졌고 우렁찬 목소리로 생일 축하 노래가 이어졌다.

"사랑하는 수정이 언니(누나) 생일 축하합니다."

이름 앞에 붙은 '사랑하는'이란 표현이 쑥스럽게 귀에 다가왔다. 한국과는 완전 정반대에 위치한 리우데자네이루에서 이들은 어떤 인연의 고리로 이어져 나의 생일 축하 노래를 열창하고 있는 것인가. 눈물이 핑 돌았다. 이럴 땐 눈물을 보이는 것보다 건배를 외치며 술잔에 얼굴을 파묻고 감정을 추스르는 것이 분위기를 살리는 길이리라. 어디선가 즉석 사진을 촬영해주는 아저씨

한 분이 나타났다. 한 녀석이 생일 축하 선물로 지나가는 그를 불러 세웠다고 했다. 카페에 앉아 있는 손님에게 꽃을 팔고 사진 촬영을 해주며 생계를 유지하는 이들이 그곳에도 있었다. 선물로 받아든 장미 꽃 한 송이를 한 손에 움켜쥐었다. 사진기의 렌즈는 우리를 향했고 '찰칵' 하는 신호음을 기다리며 해맑게 웃고 있는데 사진 기사는 쉽사리 셔터를 누르지 않는다. "하나 둘 셋!" 박자에 맞춰 다양한 포즈를 취하던 우리는 순간 얼음이 됐다. 그는 손짓으로 천천히 방향을 가리키며 뒷줄에 서 있는 이들을 움직이게 했다. 그냥 그대로 촬영할 수 없다는 듯 꽤 긴 시간 동안 피사체를 정리했다. 그러다가 마침내 셔터는 눌러졌고 사진 한 장이 서서히 모습을 드러냈다. 시간이 지날수록 선명해지는 즉석 사진의 맛은 바로 이런 것이다. 아련한 추억 속에 선명하게 남길 바라는 기억처럼 그 사진은 그렇게 그날의 기록으로 남게 됐다.

즉석 사진에는 짤막하게나마 사연을 담을 수 있어서 더 따뜻하다. 하얀 여

PLAYA COPACABANA
2007. 8. 6.

백도 그렇고 탄탄한 뒷면도 그렇다. 생일 기념 즉석 사진을 받아들고는 굵은 펜으로 글을 적으려는 순간 잠시 망설였다. 뭔가가 뇌리를 스치고 지나갔기 때문이다. 서양화를 전공하는 한 소녀의 하얗고 매끄러운 손가락이었다. 얼굴이 예쁘면 손가락은 예쁘지 않다는데 그녀는 얼굴과 손의 느낌이 일치했다. 그녀에게 다가가 정중하게 부탁했다.

"사진 밑에 적어주겠어?"

"……."

"부담은 갖지 말고 날짜랑 뭐 그런 거 있잖아. 부탁이야."

"제가 할 수 있을까요?"

"부담은 갖지 말라니까."

그녀 앞에 기다리며 서 있는데 눈이 마주쳤다.

"지금 당장이요?"

진정으로 고민스러운 부탁이었나 보다. 다음 날에야 즉석 사진은 내 손에 건네졌다. 밤새 즉석 사진을 보관하던 그녀의 묵직한 다이어리 여러 장에서 다양한 글씨체를 연습한 흔적이 발견됐다. 순간 쑥스러워하며 다이어리를 덮으려는 그녀의 손에서 다이어리를 빼앗아 들었다. 조금씩은 다른 필체로 수없이 써내려간 한 줄의 글이 뭉클하게 마음을 적셔주었다.

"2007. 8. 6. 코파카바나 해변에서."

SKOL SKOL SKOL SKOL SKOL SKOL SKOL SKOL
SKOL SKOL SKOL SKOL SKOL SKOL SKOL
CAFÉ CAPITAL
TEMOS
CARTÃO
TELEFONICO
PORÇÕES
CALDO
CA
CA
PRAT
DO D
PERL
FRAN
EN
COST
PEITO
CAR
PERL
DOB
CA

윙크와 엄지손가락

한 남자와 눈이 마주쳤다. 살짝 윙크를 하더니 살인 미소를 날린다. 대화를 하기엔 꽤 멀고 서로 가는 방향으로 보아 만날 가능성은 제로다. 그가 방향을 틀지 않는 이상 그리고 내가 그에게 다가가지 않는 이상. 그 남자가 손을 번쩍 들어올렸다. 검지를 곧게 펴더니 다른 손으로는 어깨 너머를 가리킨다. 까치발로 작은 키를 늘려봤다. 그리고 눈을 위로 치켜떠 그가 가리키는 방향을 두리번거렸다. 소담스럽게 담겨 있는 흰색 티셔츠 발견. 상인이었다.

"그럼 그렇지! 이 먼 나라에서 나를 알아봐주는 이가 있겠어."

늦은 밤이었으면 경계를 했을 상황도 훤한 대낮에는 호기심을 키우게 된다. 먼저 눈으로 인사를 건네니 고개를 쳐들어 바라볼 수밖에. 나는 환한 미소로 윙크를 하며 그에게 엄지손가락을 들어올렸다. 당황한 듯 그가 커다란 소리로 웃는다. 브라질에선 엄지손가락 하나면 만사형통이다. 그걸 알게 된

Quilmes
Quilmes
Quilmes
Quilm
7UP

건 숙소에서였다. 아침 식사를 하기 위해 식당에 들어선 사람들이 눈을 비비며 하나같이 엄지손가락을 치켜세웠다. 우리가 최고의 의미로 많이 쓰는 엄지손가락을 그들은 시도 때도 없이 들어올린다. 최고라는 의미가 포함된 건 말할 것도 없고 인사를 건넬 때도, 흥정을 할 때도 일단 엄지손가락을 꺼내들고 작업을 한다. 그 유래를 묻는 질문에 그것까진 모르겠다며 또 엄지손가락을 들어올린다. 하루 이틀이 지나고 슬슬 흉내내기 시작했다. 어떤 상황에서든 부정적이지 않은 일이라면 무조건 엄지손가락을 힘 있게 들어올렸다. 그날도 티셔츠를 팔기 위해 윙크를 하던 그 남자는 오히려 외국인이 던지는 엄지손가락 인사에 당황하고 만 것이다.

코파카바나 해변에서의 생일 파티를 마치고 현지인들이 많이 찾는 카페에 들어갔을 때의 일이다. 분위기에 이끌려 무작정 카페 안으로 들어갔다. 오히려 이런 곳일수록 외국인들을 신기한 듯 바라보는 시선이 덜했다. 각자 자신들의 분위기에 취해 늦은 밤을 보내고 있었다. 술자리가 거의 끝날 무렵 술값을 지불하고 나오는데 어느새 내 손은 엄지손가락을 들어올리고 있었다. 그가 분명 먼저 취한 행동이었는데 간발의 차이로 동시에 서로를 응시하며 엄지손가락 인사를 건넨 것이다. 회화 몇 줄보다 더 활용도가 높은 보디랭귀지였다.

팡데아수카르를 오르기 위해 케이블카를 타러 가는 길이었다. 아직 관광을 시작하지 않은 이들에게 지나친 호객 행위는 눈살을 찌푸리게 할 수 있다고 판단한 한 상점 점원이 쇼윈도 너머로 메시지를 적은 흰색 판을 들어올렸다.

"내려오는 길에 꼭 들르세요!"

영어로 된 메시지를 보며 다들 환한 미소를 먼저 건넸다. 그때도 어김없이 나는 엄지손가락을 들어올렸다. 그녀도 판을 잡고 있던 한 손을 놓더니 답례로 엄지손가락을 들어올린다. 브라질 여행을 마치고 떠나면서 엄지손가락 인사법과도 작별해야 했다. 귀국 후 나도 모르게 올라가는 엄지손가락에 "뭐가?"란 반문을 듣고 난 뒤에야 정신 차렸다.

브라질과 파라과이가 함께 소유하고 있는 이타이푸 댐

라틴아메리카는 사람을 질리게도 한다. 버스 한번 탔다 하면 열 시간은 기본이고 길게는 24시간까지 지긋지긋하게 만든다. 다행히도 버스 시설이 좋아서 견딜 만 하지만 말이다. 호수를 가도 수평선이 보이지 않는 거대한 크기이고 라틴아메리 카까지 비행기로 가는 데만도 30시간이 걸렸으니 말 다했다. 그나마 교통 체증 을 덜 경험했으니 그거 하나 위로라 하면 할 말은 없다.

브라질, 아르헨티나, 페루까지 겪고 나서 나온 말이었지만 볼리비아와 칠레 역시 만만치 않다. 브라질에서 본 이타이푸 댐을 보고는 할 말을 잃고 말았다. 비온 뒤 팔당 댐의 수문이 열리고 솟구쳐 터져 나온 물줄기를 보며 멋있다고 느낀 적 이 있었다. 크기를 두고 작다고 느낀 적은 없었다. 그런데 이타이푸 댐을 본 순 간 팔당 댐에 대한 기억이 사라져버렸다. 버스로 둘러봐야 할 정도로 그 크기가 어마어마하고 아무리 뒷걸음쳐도 하나의 프레임에 죄다 담을 수 없을 정도였다.

댐이라면 우중충한 건축물로 구성돼 있어서 관광보다는 휴식 겸 시간 때우기 좋은 곳이라 여겼었다. 그런데 예상과는 너무나 다른 장관에 입 이 벌어지고 말았다. 폭포는 브라질과 아르헨티나가 나눠 가지고 있더 니 댐은 브라질과 파라과이가 함께 소유하고 있었다. 댐 높이는 196미 터, 길이는 7.7킬로미터다. 그러니까 시속 100킬로미터로 내달려서 8 분 가까이 가야 처음과 끝을 쏙 찍어볼 수 있는 것이다.

심장에게 말을 해,
이과수 폭포

이과수 폭포는 소리로 먼저 만났다. 폭포는 아직 보이지도 않는데 그 엄청난 소리가 대단했다. 가까이 다가갈수록 끊임없이 이어지는 굉음. 분명 그건 잔뜩 먹구름을 머금던 하늘이 엄청난 비를 토해낼 때 터지는 굉음이었다. 그 소리에 심장박동수도, 걸음도 빨라졌다. 부슬부슬 흩날리는 빗줄기 속에서 숲으로 우거진 좁다란 오솔길을 따라 아무리 가도 소리의 정체는 드러나지 않았다.

"도대체 폭포는 어디에 있는데, 이렇게 소리가 가깝게 들리나요?"

"떨어지던 폭포수가 튕겨져 이곳까지 날아들잖아요!"

흐린 날씨에 방울방울 빗줄기가 흩날린다고 생각했는데 그것이 폭포수라니. 족히 30분은 더 걸어가야 하는 이곳까지 이과수 폭포의 물방울이 뒤덮고 있었다. 우거진 수풀은 이과수 폭포를 샘물 삼아 생명을 유지하고 있는 것이다. 고개를 들어 하늘을 향했다. 입 안 가득 촉촉한 폭포수가 내려앉았다. 이미 폭포 소리는 귓가를 꽉 메우고 있었다. 드디어 폭포가 그 모습을 드러냈다. 폭포의 높이가 100미터에 육박한다는 설명이 실감났다. 100미터라면 30층이 넘는 건물에서 끊임없이 엄청난 양의 물이 떨어지고 있는 셈이다.

누군가 소리쳤다.

"앗! 저기다. 저기! 아르헨티나 이과수 폭포에서 보트 타던 곳이다. 보트 크기가 엄청 작게 보이네. 저렇게 높은 곳에서 떨어지는 폭포수 아래에서 보트를 즐겼다니 섬뜩하다."

　사람을 집어삼킬 듯한 굉장한 폭포 속으로 보트를 타고 들어가다니 믿기지 않았지만 후에 아르헨티나에서 나도 보트 투어를 하게 되었다. 아르헨티나 이과수가 즐기는 폭포라면 브라질 이과수는 감상하는 폭포다. 폭포를 배경 삼아 사진 촬영에 여념이 없는 이들도 보이고 우렁찬 폭포를 바라보며 말없이 걷는 이들도 쉽게 찾아볼 수 있었다. 폭포 소리에 말이 없어진 이유도 있겠지만 그러다 보면 골똘히 생각하게 되는 순간이 온다. 내가 누구인지, 지금 이곳에 왜 와 있는지, 그리운 얼굴이 누구인지 등등의 본질적인 질문들을 굳이 떠올리려 하지 않더라도 가슴이 먼저 말을 걸어올 것이다.

　폭포를 아르헨티나, 브라질 두 나라가 동시에 소유하고 있다는 사실도 놀라웠다. 여의도의 630배나 되는 이과수 국립공원을 두 나라가 지정해 관리하고 있다고 했다. 그중 아르헨티나는 3분의 2, 브라질은 3분의 1을 소유하고 있다. 1억 2000만 년 전에 형성된 용암지대이다 보니 까만 빛깔의 현무암으로 뒤덮여 있다. 현무암의 구멍마다 날아든 폭포수가 고여 있었다. 저 멀리 폭포가 보이는 순간부터 산책길은 한 시간 가량 이어진다. 폭포수 가까이 다가갈 수 있는 철제 다리가 놓여져 있는데 길 끝까지 가다 보면 옷은 이미 온통 젖어 있다. 튼튼해 보이는 철제 다리를 걸으면서 계속 체크했다. 엄청난 이과수 폭포수에 녹이 슨 철제 다리가 무너지면 어쩌나 하는 쓸데없는 걱정이 들었기 때문이다. 아랑곳하지 않고 다가가는 이들은 지그재그로 만들어진 다리를 따라 걷는 운치도 맛볼 수 있었다.

　그런 상상을 해봤다. 이과수 국립공원에 사는 새들은 대우를 못 받지 않을까, 라고. 짹짹짹 새소리는 폭포 소리에 감춰져버렸고 수많은 나무와 풀에 대한 관심은 덜하지 않을까, 라고.

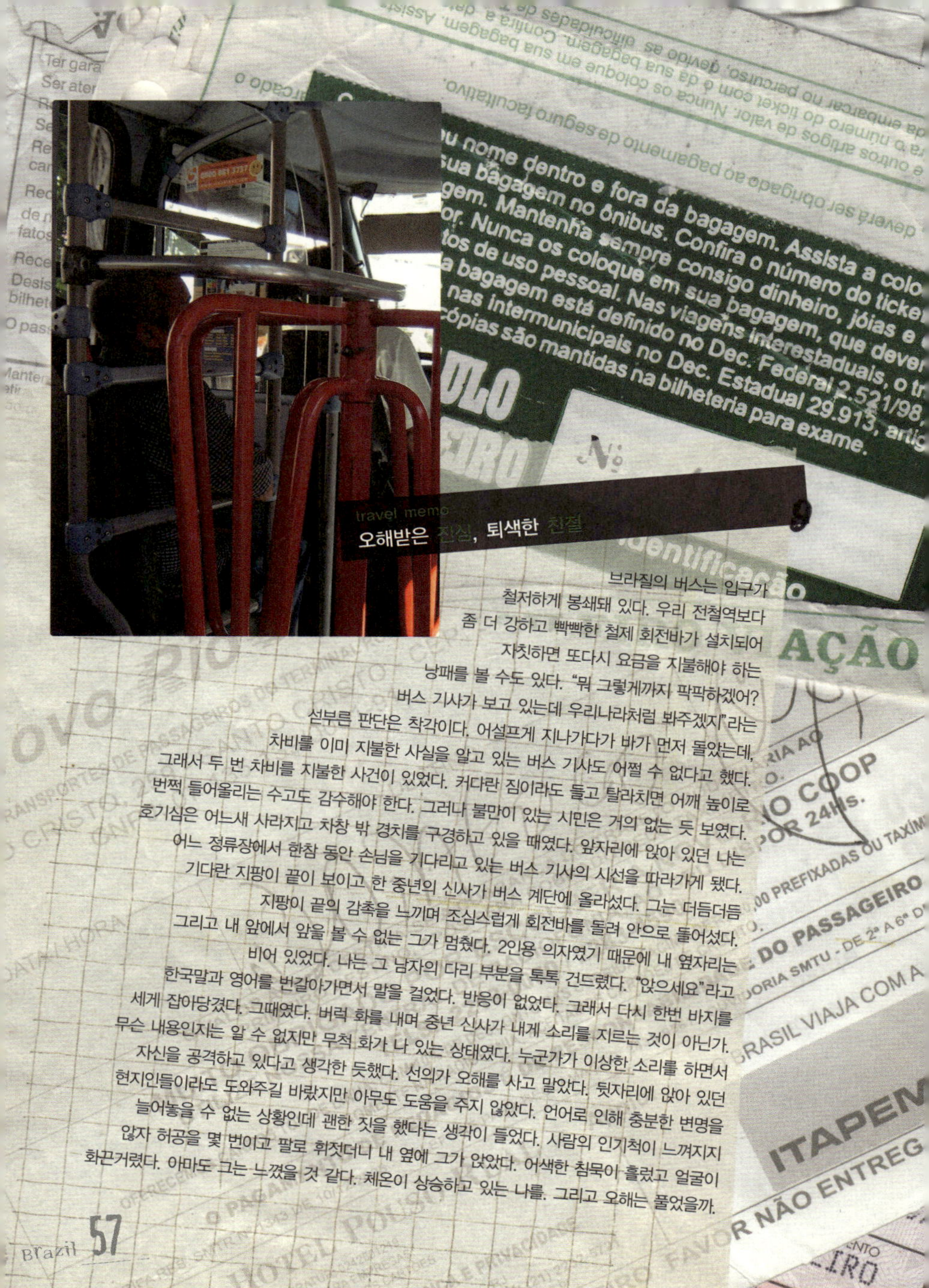

브라질의 버스는 입구가 철저하게 봉쇄돼 있다. 우리 전철역보다 좀 더 강하고 빡빡한 철제 회전바가 설치되어 자칫하면 또다시 요금을 지불해야 하는 낭패를 볼 수도 있다. "뭐 그렇게까지 팍팍하겠어? 버스 기사가 보고 있는데 우리나라처럼 봐주겠지"라는 섣부른 판단은 착각이다. 어설프게 지나가다가 바가 먼저 돌았는데, 차비를 이미 지불한 사실을 알고 있는 버스 기사도 어쩔 수 없다고 했다. 그래서 두 번 차비를 지불한 사건이 있었다. 커다란 짐이라도 들고 탈라치면 어깨 높이로 번쩍 들어올리는 수고도 감수해야 한다. 그러나 불만이 있는 시민은 거의 없는 듯 보였다. 호기심은 어느새 사라지고 차창 밖 경치를 구경하고 있을 때였다. 앞자리에 앉아 있던 나는 어느 정류장에서 한참 동안 손님을 기다리고 있는 버스 기사의 시선을 따라가게 됐다. 기다란 지팡이 끝이 보이고 한 중년의 신사가 버스 계단에 올라섰다. 그는 더듬더듬 지팡이 끝의 감촉을 느끼며 조심스럽게 회전바를 돌려 안으로 들어섰다. 그리고 내 앞에서 앞을 볼 수 없는 그가 멈췄다. 2인용 의자였기 때문에 내 옆자리는 비어 있었다. 나는 그 남자의 다리 부분을 톡톡 건드렸다. "앉으세요"라고 한국말과 영어를 번갈아가면서 말을 걸었다. 반응이 없었다. 그래서 다시 한번 바지를 세게 잡아당겼다. 그때였다. 버럭 화를 내며 중년 신사가 내게 소리를 지르는 것이 아닌가. 무슨 내용인지는 알 수 없지만 무척 화가 나 있는 상태였다. 누군가가 이상한 소리를 하면서 자신을 공격하고 있다고 생각한 듯했다. 선의가 오해를 사고 말았다. 뒷자리에 앉아 있던 현지인들이라도 도와주길 바랐지만 아무도 도움을 주지 않았다. 언어로 인해 충분한 변명을 늘어놓을 수 없는 상황인데 괜한 짓을 했다는 생각이 들었다. 사람의 인기척이 느껴지지 않자 허공을 몇 번이고 팔로 휘젓더니 내 옆에 그가 앉았다. 어색한 침묵이 흘렀고 얼굴이 화끈거렸다. 아마도 그는 느꼈을 것 같다. 체온이 상승하고 있는 나를. 그리고 오해는 풀었을까.

Ronaldo Luiz Nazário de Lima
Ronaldo
"Fenômeno"

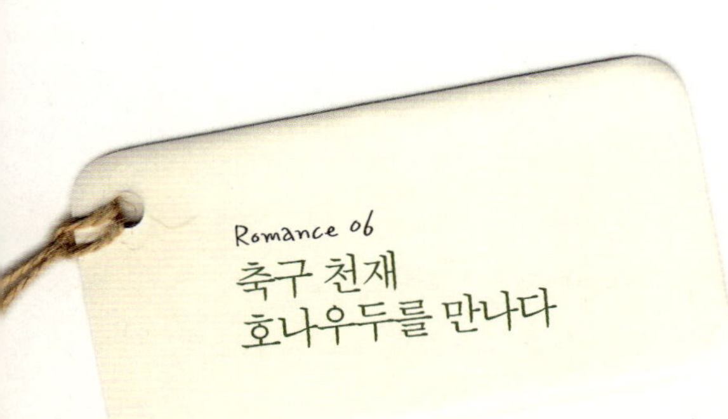

축구를 좋아는 한다. 하지만 일부러 경기 시간에 맞춰 관람을 하는 광팬은 아니다. 축구를 좋아하는 건지 다같이 모여서 응원하는 그 순간이 즐거운 건지 구분이 잘 안 가기 때문에 축구팬이라고 하기도 애매하다. 그나마 2002년 월드컵 이후 월드컵 시즌만 되면 친한 이들끼리 삼삼오오 모여 맥줏집에서 목이 터져라 응원하는 그 맛에 축구를 좋아하게 됐지, 그 이전엔 별 관심도 없었다. 세계 최대의 축구장인 '마라카낭'을 구경한다는 말에 경기도 하지 않는 경기장을 관람한다는 건가, 의구심마저 들었다. 텅 빈 축구장이 내게 어떤 감흥을 줄 것이냔 말이다. 환율로 따져 우리나라 돈 1만 원 정도의 입장료를 내야 하니 그곳에서도 그리 싼 건 아니었다. 그런데도 나는 선뜻 입장료를 내고 말았다. 축구에 열정적인 두 일행의 뒤를 따라 엉겁결에 들어간 것이다.

'대체 얼마나 축구를 좋아하면 경기도 없는 축구장을 구경하려는 걸까? 가

수를 좋아한다고 그들이 공연을 펼쳤던 텅 빈 공연장을 구경하는 것과 다를 바가 없지 않은가?'

축구장으로 들어서기 전 갖가지 볼거리가 있긴 했지만 그것은 나에겐 역효과를 내고 있었다. 상패도, 그들의 축구화 모형도 매력적으로 다가오지 않았기 때문이다. 이 축구장을 보기 위해 브라질의 여행 노선을 체크했다는 이들의 흥분된 말을 뒤로 한 채 내 걸음은 여전히 빠르지 않았다.

어슬렁거리던 시선에 좁다란 통로 끝, 환한 빛이 보였다. 그때부터 의도하지 않았던 한 장면이 오버랩됐다. 샛노랑과 초록 무늬로 된 유니폼을 입은 브라질 선수들이 한 줄로 서 있고 어김없이 꼬마 팬들의 손을 잡고 줄줄이 밖으로 나갈 채비를 마쳤다. 밖에선 이미 경기장을 가득 메운 팬들의 환호성이 들리고 선수들은 평정심을 잃지 않으려 심호흡과 기도를 번갈아하고 있다. 긴장을 풀었던 온몸엔 열기가 뿜어 나오고 손끝까지 '짜릿함'이 느껴진다. 형광등 불빛 아래서 몇 발자국만 걸어 나가면 환한 태양 아래 부드러운 녹색 잔디가 온몸을 감싸줄 것이다.

그때부터 너무 상상에 빠져들었는지 마치 경기를 앞둔 축구 선수가 된 양 긴장감이 감돌았다. 밖으로 천천히 걸어 나가자 잘 다듬어진 잔디밭이 눈앞에 펼쳐졌다. 축구장의 크기는 상상했던 것 이상이었다. 세계에서 제일 크다는 수식어가 내겐 커다란 매력을 안겨주진 않았었다. 그런데 텅 빈 관중석이지만 그 자리를 꽉 메울 축구팬들을 상상하니 숨이 턱 막혔다. 골을 넣고 난 뒤에 연출된 세리모니가 왜 필요한지 새삼 깨닫게 됐다. 전사의 뜨거운 열정과 기운을 내뿜어 승리를 거머쥐겠다는 포효하는 몸부림인 것이다.

축구장 잔디밭을 거닐 수는 없었다. 잔디 보호 차원에서 출입을 금지시키

고 있었다. 입고 있던 점퍼를 벗어 살짝 던졌다. 공중에서 휙 날리더니 사뿐히 잔디밭에 내려앉는다. 그 잔디에는 브라질 유명 선수들의 땀과 기운이 펄펄 살아 있는 것 같았다. 관중은 없지만 귓가엔 그들의 응원 소리가 들리는 듯했다. 선수들의 카리스마가 축구장에서 느껴졌다. 단순 호기심에 들렀던 축구장에서 엄청난 기운을 받은 느낌이었다. 한 명의 축구 스타가 탄생하기 위해선 보이지 않는 곳에서의 노력은 필수 조건이라 했다. 그곳은 똘똘 뭉친 열한 명의 선수들, 아니 그 이상의 선수들이 혼신의 힘을 다해 성공을 일궈내고 지킬 수 있는 파워를 기르는 곳이었다. 그런 그들의 기운이 온몸을 에워싸는 것 같았다. 지하로 다시 내려가서 선수들의 휴식 공간을 둘러보았다. 샤워 시설과 치료 시설 등 선수들이 축구에 집중할 수 있는 시설이 갖춰져 있었다. 뿐만 아니라 인조 잔디가 깔려 있고 골대도 마련돼 있었다. 쉬지 않고 연습을 실전처럼 한다는 이야기를 들었다. 골대 앞에 유니폼을 입고 환하게 웃는 한 선수를 발견했다.

"호나우두다!"

시선은 한곳으로 집중됐다. 일제히 선수에게 달려갔다. 자세히 다가가서 보니 '짝퉁' 호나우두였다. 관광객들을 위해 축구 묘기를 보여주고 사진 촬영도 해주는 '서비스맨'이었던 것이다. 여행을 다니다 보면 초반엔 손에 달라붙지 않는 팁 때문에 미안한 감정을 느끼게 된다. 생각날 때마다 팁을 준비했다가 건네곤 하는데 '짝퉁' 호나우두에게도 건넸다. 짝퉁이긴 하지만 세계적인 선수인 호나우두에게 팁을 건네는 맛, 제법이었다.

브라질 유니폼 vs 아르헨티나 유니폼

브라질과 아르헨티나 유니폼 싸움이 벌어졌다. 브라질 축구를
좋아하는 소년과 아르헨티나 축구를 사랑하는 소녀 사이에
보이지 않는 신경전이 벌어진 것이다. 아르헨티나 유니폼을
여행 떠나기 전부터 배낭 안에 챙겨온 소녀는 브라질에선
선뜻 아르헨티나 유니폼을 꺼내 입지 못했다. 워낙 축구를
광적으로 좋아하는 브라질리안들의 심기를 건드릴 수 있기 때문이다.
　마라카낭 스타디움 1층에 위치한 상품 코너에서 브라질 유니폼을
구입한 소년은 현장감이 느껴진다며 들떠 있었다. 유니폼 가격도
만만치 않았는데 국내에서 판매되는 가격과 비슷하다고 했다.
브라질 유니폼과 아르헨티나 유니폼을 동시에 볼 수 있었던 것은
그 두 나라를 벗어나서였다. "브라질이든 아르헨티나든

그냥 아무 유니폼이나 입고 다니면 안 되니?"
"상암 월드컵 경기장에서 일본 유니폼 입고 다니면 어떤 상황이
벌어지겠어요? 게다가 여기는 축구라면 광적으로 좋아하는
광팬들이 많은데요! 광팬에서 광 자가 미칠 '광' 자인 건 아시죠?"
우문현답이다.

버스 여행에서 만난 훈남, 카를로스

좁다란 버스 통로 끝에 한 청년이 보였다. 고개를 통로로 살짝 빼고 쳐다보자 무척이나 수줍어했다. 비행기 안에서 스튜어디스가 음식을 서빙하기 위해 끌고 다니는 손수레를 홀로 끌면서 일일이 도시락을 건넨다. 짙은 남색 복장을 말끔히 차려입은 청년이다. 처음 타보는 2층 버스인 데다가 스물세 시간을 가야 하기 때문에 저녁 식사가 포함돼 있다는 말은 들었지만 서빙맨이 동행할 줄은 몰랐다.

"얼굴 보고 뽑나 봐."

꽤 귀엽게 생겼다. 통로 사이로 간간이 얼굴을 빼고 쳐다보는 시선을 의식한 듯 살짝 긴장된 표정이다. 조심스레 서비스를 제공하며 점점 다가오고 있었다. 뒷줄에 앉아 있던 터라 그가 도착하는 동안 그의 행동을 주시하게 됐다. 어느새 그가 내 앞에 멈춰 섰다. 내가 먼저 말을 걸었다.

"Hi."

답변은 안 하고 웃기만 한다. 눈이 무척 깊은 소년이다. 몇 단어 기억은 못하지만 다시 한번 브라질식 인사를 건넸다.

"올라 (Ola)."

환하게 웃을수록 더욱 깊어지는 눈망울로 환하게 미소 지으며 그가 드디어 입을 열었다.

"올라."

그와의 대화를 놓칠세라 다시 질문을 이었다.

"How old are you?"

또 대답이 없다. 브라질은 포르투갈어를 사용하지만 우리처럼 영어에 대한 절박함은 거의 없는 듯했다. 그리고 라틴아메리카 여러 나라 중 유일하게 포르투갈어를 사용하는 브라질의 인구수와 스페인어를 사용하는 아르헨티나, 페루, 볼리비아, 칠레 등 나머지 국가의 인구수는 거의 맞먹는다. 국토의 크기나 그들의 자존심은 영어에 대한 필요성을 표면적으로 드러내지 않고 있었다. 세계 어느 나라를 여행하든지 영어만이 공용어라고 생각했던 내게 사고를 넓게 만든 다소 충격적인 사건이라 할 수 있다. 난 질문을 멈추고 손가락 열 개를 그 앞에 쫙 펴 보였다. 그리고 한국말로 했다. 존댓말을 사용할 필요도 없다고 판단했다.

"너 몇 살이냐고?"

소년이 뭔가 이해한 듯 쑥스러워했다. 열 손가락을 두 번 접었다 폈다 하더니 멈춘다.

"스무 살? 나랑 띠 동갑도 넘게 차이 나네!"

한 손으론 2를, 나머지 한 손으론 0을 표시하자 고개를 끄덕인다. 서빙하다 말고 멈춰 선 그를 향해 뒷자리 누군가가 말을 건넨다. 보채는 듯했다. 나는 아랑곳하지 않고 질문을 이어갔다. 보통 이름을 먼저 묻고 나이를 물을 텐데 너무 어려 보여서 그랬는지 나이를 먼저 물었다. 내게 도시락을 다소곳이 주고 지나가려는 그를 다시 붙잡았다.

"Your name? 이름이 뭐냐고? name?"

　"카를로스!"

　단정한 복장도 그렇고 순박하게 생긴 얼굴이 인상 깊어 사진기를 들이댔다. 고개를 돌리거나 손사래를 치면 억지로 촬영할 생각은 없었다. 그런데 카메라를 바라보고 히죽대며 웃는다.

　식사 시간이 마무리될 즈음에 그가 다시 나타났다. 빈 케이스를 걷어가면서 눈인사를 주고받았다. 아침 식사도 제공되는 버스 여행이다. 다음 날 아침에는 좀 더 다양한 내용을 물어봐야겠다고 결심했다. 수첩을 꺼내들고 노트북을 펼쳐서 이것저것 자료 수집한 것을 다시 뒤적였다. 그러다 어느새 잠이 들고 말았다. 덜컹거리는 버스 안에서 단잠을 자게 될 줄은 예상 못한 일이었다. 새벽녘에 화장실에 가기 위해 한 번 깬 것 말고는 줄곧 잠이 들어버렸다. 버스 안에 설치된 화장실도 깔끔하고 쓸 만했다. 단지 버스의 흔들림에 신경을 곤두세우고 중심을 잘 잡아야 한다. 손잡이는 있지만 균형 잡기가 만만치 않았다. 드디어 날은 밝았고 아침 식사 시간이 돌아왔다. 통로 끝에 그가 나타났다. 그런데 좀 부은 듯했다. 눈을 비비고 다시 쳐다보니 어제의 그가 아니다. 무표정한 청년이다. 소독 향이 짙게 밴 물수건을 집게로 일일이 건네준다. 소독 향과 무표정이 어우러져 정신이 번쩍 들었다. 그를 쳐다보며 조심스럽게 말을 걸었다.

　"카를로스?"

　고개를 휘젓는다. 자신은 카를로스가 아니라는 것과 카를로스는 더 이상 서빙을 하지 않는다는 것이 합쳐진 강한 부정이었다. 이른 아침에 얼굴을 마주한 승객도, 서비스맨도 부드러운 미소는 아니었다. 카를로스와의 짧은 인연은 끝이 났고 한국에서 가져간 펜이라도 선물로 줄걸 하는 아쉬운 마음만 남았다.

신선한 생과일 주스는 국내에서도 인기다. 값이 좀 비싸기는 하지만 아삭아삭 씹히는 생과일 맛이 입 안을 감돌
때면 상쾌하기까지 하다. 그런데 간혹 과일보다는 첨가 주스를 더 많이 넣어 실망을 안겨주는 곳도 있다. 브라
질에서 만난 생과일 주스 '수코'는 생과일을 통째로 갈아 만든다. 그 양도 엄청나다. 수코를 들고 도심을 걸으
며 관광하는 맛도 제법이다.

삼바의 정열 속으로

　브라질하면 떠오르는 단어는 축구와 삼바다. 월드컵 이후 축구에 대한 관심은 높아졌지만 여전히 유명한 축구 선수 몇 명의 이름 외에는 시시콜콜한 내용까지는 모른다. 단지 울퉁불퉁한 근육으로 '무장한' 날렵한 축구 선수들의 몸놀림에 감탄을 금하지 못하는 정도랄까. 그런데 삼바에 대한 첫인상은 진정으로 강렬했다. 아르헨티나의 탱고를 매혹적이라고 표현한다면 브라질의 삼바는 화려하고 화끈하며 열정적이었다.

　무대 위에서 삼바 춤을 추는 무희들을 바라보면서 처음엔 당황했다. 춤사위를 보고 있지만 시선 둘 곳을 찾을 수 없었다. 온갖 화려한 치장과 반라에 가까운 의상, 무엇보다 환한 무희들의 미소를 보면서 점점 삼바에 매료됐다. 삶의 고민과 불확실한 미래에 대한 불안이 모두 다 뜨거운 정열 속으로 사라진 듯한 찰나를 맛봤다.

　브라질에 대한 자료를 찾으면서 삼바의 역사에 대해 읽었기 때문에 그런 감정이 들었는지도 모를 일이다. 라틴아메리카 중 유일하게 포르투갈어를 사용하는 브라질은 포르투갈의 식민지였다. 식민지화 작업에 동원된 흑인 노예들은 아프리카에서 잡아왔다고 한다. 포르투갈인들이 유럽 스타일의 카니발을 들여왔고 브라질인들이 여기 아프리카 리듬을 접목하면서 지금의 카니발로 발전했다.

　"멍하니 넋을 잃고 바라보냐?"는 책망을 들을 정도로 삼바를 보고 있으니 온갖 복잡한 감정이 사그라지고 있었다. 무희들은 무대에서 성큼성큼 내려와 관광객들을 마주 보며 춤으로 흥을 돋운다. 지금은 식민지 시절의 고통과 절망을 치유하기 위한 춤사위는 아니지만, 그래도 현재를 살고 있는 우리들의 고뇌와 번민을 날려버리는 듯했다.

　해마다 2월에서 3월 사이 브라질 리우데자네이루에서 펼쳐지는 삼바축제를 함께 즐기기 위해 세계인들이 한데 어우러진다. 여행지에선 그 나라에서만 할 수 있는 특징적인 경험을 기록하고 싶은 마음이 간절했는데 이번엔 그저 바라보는 것만으로 만족해야 했다.

무대 위에서 삼바 춤을 추는 무희들을 바라보면서
처음엔 당황했다. 춤사위를 보고 있지만
시선 둘 곳을 찾을 수 없었다.
온갖 화려한 치장과 반라에 가까운 의상,
무엇보다 환한 무희들의 미소를 보면서 점점 삼바에
매료됐다. 삶의 고민과 불확실한 미래에 대한 불안이
모두 다 뜨거운 정열 속으로 사라진 듯한
찰나를 맛봤다.

LATIN ROMANCE
BRAZIL
Botafogo Praia Shopping
2543-7222
41

Parque das Av
Bird Park
Day Tour
Just R$ 50,00

제2장 아르헨티나와의 로맨스

아르헨티나는 남북으로 길며 면적은 한국의 약 28배로,
남아메리카에서 브라질 다음으로 큰 나라다.
수도는 부에노스아이레스이고 공용어는 스페인어다.
국기는 파란색과 흰색으로 나뉘는데 중앙의 태양은
스페인으로부터의 독립을 의미하는 자유의 상징이다.
화폐 단위는 $로 아르헨티나 페소다. 남아메리카 나라들 중 백인의 비율이 가장 높다.
국민의 93퍼센트 이상이 가톨릭교를 믿는다.

부에노스아이레스를 중심으로 펼쳐진 팜파스 대초원은 온화한 기후에 강수량이 풍부해
경제적인 중심지를 이룬다. 아르헨티나 사람들이 즐겨 마시는 음료인 마테(mate) 차는
관광객들의 입맛에도 그만이다.
너른 벌판에서 키우는 소의 육질은 으뜸이란 평가를 받고 있다.
특히 아사도(asado)라 불리는 바비큐 요리는 아르헨티나의 카우보이들이 즐겨 먹었다.
소의 갈비뼈 부분을 통째로 구운 것으로 원하는 양만큼 잘라준다.
와인도 가격이 싸고 질 좋은 제품이 많다.
아르헨티나는 16세기부터 19세기 초 독립할 때까지 스페인의 지배를 받았다.
1864년 파라과이와의 전쟁으로 경제적 위기를 맞기도 했으나 유럽계 자본이 유입되면서
급속도로 근대화를 추진했다. 제2차 세계대전 후 국가사회주의 정책을 편 페론이 대통령으로
취임하면서 안정기에 접어드는 듯했으나 1955년 군부 쿠데타로 정권이 교체됐다.
포클랜드 전쟁에서 영국에 패한 후 민간 정부가 출범하게 됐다.

물은 입 안으로 차올랐고 숨을 쉴 수조차 없었다. 숨 고르기를 하지 않은 탓에 순간 당황하고 말았다. 예고도 없었다. 가까이 갈 거라는 말은 있었지만 고작해야 언저리에서 맴돌겠거니 했다. 60미터가 넘는 폭포의 낙차를 온몸으로 느끼게 될 거라곤 예상도 못했다. 60미터를 건물로 표현하면 대략 20층 높이다. 그 위에서 들이붓는 광주리 수백 개 분량의 물줄기를 온몸으로 맞게 될 줄 알았다면 그렇게 담담히 앉아 있지만은 않았을 것이다. 그런데 그 엄청난 이벤트를 여행사는 아주 간단하게 표현하고 있었다.

"스릴 만점의 스피드 보트 투어."

과장 선전이라 여겼던 내가 된통 당하고 만 것이다. 폭포수가 세차게 떨어지는 곳으로 보트는 주저 없이 들어갔다. 그리고 눈, 코, 입으로 옴팡지게 폭포수를 들이키고 말았다. 갑작스레 장맛비를 맞은 것처럼 팬티까지 몽땅 젖어버렸다. 짧은 순간이었지만 수많은 생각이 오갔다. 보트에 올라탄 시점으로 거슬러 올라가 기억을 되짚어보았다.

구명조끼를 받아들었다. 준비한 우비는 이미 입은 상태였다. 혹시 모를 사고에 대비한다면 구명조끼만으로도 충분했을 텐데 우비를 입었던 것이다. 분명 내 돈을 내고 비를 피하기 위해 마련해뒀던 우비였다. 그것을 입어야 한다는 말에 의심을 하지 않은 것부터 잘못이었다. 보트에 올라타기 전 수영복으로 갈아입은 한 무리의 외국인을 보고는 피식 웃었다. 솔직히 고백하면 비웃음이었다.

'난데없이 웬 수영복? 아무리 물이 있다고 수영복까지? 다들 옷을 입고 있는데 창피하지 않을까? 어디 해안가라도 가는 줄 아나본데…….'

나는 우비를 입는 둥 마는 둥 계곡을 따라 굽이굽이 수백 개의 폭포를 감상하느라 여념이 없었다. 엄청난 폭포 소리로 인해 대화를 주고받기 힘들었다. 서로 이야기를 나누던 목소리도 점점 커지고 귀는 더욱 쫑긋 세워야 했다. 절경이 눈앞에 펼쳐지면서 연신 셔터를 눌러댔다. 그때 갑자기 사람들의 손놀림이 빨라졌다. 보트를 타기 전 미리 나눠준 녹색 고무 가방 안으로 모든 소지품을 넣으라는 것이다. 지시를 재빨리 따르지 않고 카메라를 꺼내들자 기수가 손짓으로 난리를 친다. 이미 경고를 했으니 고장 났다고 투덜거려도 소용없으며 아예 버릴 요량이라면 꺼내들고 있으라는 협박까지 들어야 했다.

'얼마나 가까이 가려고 저러는 걸까? 품 안에 넣어두면 괜찮을 텐데, 호들갑이람.'

별의별 생각들로 머릿속은 뒤죽박죽이 됐다. 그때였다. 눈앞에 장관이 펼쳐졌다. 거대하고 어마어마한 폭포 속으로 보트는 빨려 들어가고 있었다. 호

흡은 빨라지고 엄청난 속도로 쏟아져 내리는 물줄기는 따갑게 나를 내리쳤다. 빈틈 하나 없이. 온몸을 내리누르는 폭포의 힘은 가히 엄청났다. 귀를 찢을 듯한 소리는 몸 전체를 헤집고 다녔고 싸한 향이 그득했다. 예상치 못한 일은 그때부터 시작되었다. 보트는 조금의 머뭇거림 없이 폭포수 깊숙한 곳을 향했고 순간 짧은 비명 소리와 함께 폭포수가 나를 향해 내리꽂혔다. 큰 호흡 한번 제대로 못한 상황에서 코와 입으로 물이 마구 들어왔다. 모든 감각이 공

격을 당했다. 우비를 여몄지만 이미 늦었다. 어린 시절, 계곡에서 보트가 뒤집혔던 기억이 연이어 떠올랐다. 그때도 지금과 같은 일이 벌어졌다. 이과수 폭포와 비교도 안 될 작은 크기의 폭포였지만 호흡할 공간을 내주지 않고 엄청난 양의 물이 나를 휘감았던 기억이 생생히 되살아났다. 까맣게 잊고 있었던 사건이 불현듯 떠오른 것이다. 그 뒤로 물을 무척 겁냈던 것 같다.

어느새 선장은 방향을 틀어 폭포에서 보트를 빼냈다. 그리고 보트에 탄 관광객을 물끄러미 바라봤다. 정적이 흘렀다. 그리고 잠시 후, 서로의 모습을 바라보면서 보트 안은 웃음바다로 변했다. 서로 누가 먼저랄 것도 없이 목청껏 소리쳤다. 선장을 향해. 나도 그랬다.

"Please, one more. Please!"

선장의 입에서 짜릿한 웃음이 살짝 터져 나왔다. 그는 한 손은 폭포를 향해 뻗고 다른 한 손은 귀에 대더니 다시 한번 외쳐보란다. 그의 손동작에 맞춰 모두들 고함을 질렀다.

"One more! One more!"

어느새 보트는 폭포를 향해 다가가고 있었다. 제대로 숨을 쉴 수 없어 녹다

운 됐던 처음과는 달리 폭포를 마음껏 느껴보리라 결심했다. 거센 폭포수 아래로 들어갈 찰나, 커다란 숨을 한껏 입에 물고 고개를 쳐들었다. 우비를 걷어 제친 그 순간 난 폭포의 물줄기였다.

"One more! One more!"

그 이후로 두 번이나 더 폭포 속으로 들어가는 행운을 맞이할 수 있었다. 수영복 차림의 외국인들과 함께 한마음이 됐다는 기분으로 기념 촬영을 했다. 그 순간 피부색도 언어도 필요치 않았다. 우린 함께 거대한 이과수 폭포를 온몸으로 이겨낸 동료였다. 연인들은 진한 포옹을 한 채 뱃머리에 서서 폭포를 배경으로 사진 촬영을 했다. 그 모습을 보고 있자니 부러움이 밀려왔다. 결국 참았던 감정이 폭발했다. 앞자리에 앉아 있던 건장한 남자의 어깨 문신이 눈에 들어왔다. 그에게 제안을 했다.

"사진 한 장 같이 찍을래요?"

"저랑요? 물론이죠!"

뱃머리에 나란히 서니 홀딱 젖은 차디찬 몸에 따뜻한 체온이 느껴졌다. 인생을 살면서 그를 다시 만날 기회는 아마도 없을 것이다. 그저 '스릴 만점의 스피드 보트 투어'를 함께 했다는 추억 속의 묘한 인물로 남겠지. 보트 투어를 떠올릴 때마다 그 근육맨에 대한 기억도 살짝 끄집어내겠지.

그런데 정작 귀국해서 사진을 들춰낸 순간 이상야릇한 감정은 엉뚱한 곳에서 번져나고 있었다. 그건 바로 폭포였다. 거칠게 뿜어져 나오던 물줄기와 내 온몸을 휘감아 체온을 앗아가버린 이과수 폭포의 강인함이 그리워진 것이다. 잘생긴 근육맨도 아니고 장난기 섞인 선장도 아닌, 숨조차 쉴 수 없이 차디차게 내리꽂히던 폭포수의 사진에서 눈을 뗄 수가 없었다. 먼발치에서 한두 방울 폭포수가 날아들 때는 하늘을 향해 얼굴을 들었다. 그리곤 촉촉이 날아드는 폭포수를 음미했었다. 밋밋한 폭포수는 다가갈수록 상큼하고 시원한 향을 내뿜었었다. 사진을 바라본 순간 그때의 맛이 강하게 밀려왔다. 하늘을 향해 지그시 눈을 감았던 그 순간엔 몰랐다. 그땐 정말 몰랐다.

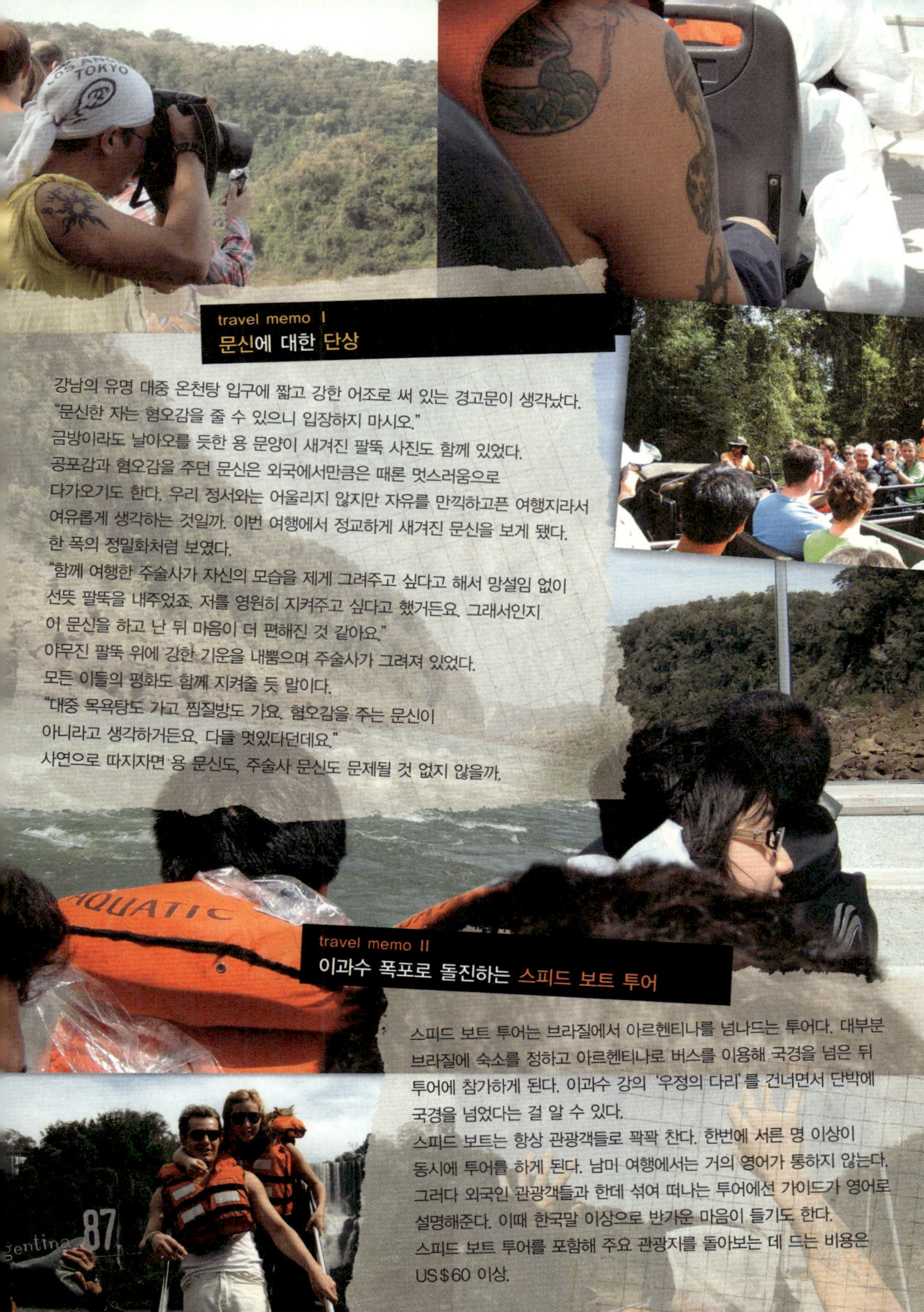

문신에 대한 단상

강남의 유명 대중 온천탕 입구에 짧고 강한 어조로 써 있는 경고문이 생각났다.
"문신한 자는 혐오감을 줄 수 있으니 입장하지 마시오."
금방이라도 날아오를 듯한 용 문양이 새겨진 팔뚝 사진도 함께 있었다.
공포감과 혐오감을 주던 문신은 외국에서만큼은 때론 멋스러움으로
다가오기도 한다. 우리 정서와는 어울리지 않지만 자유를 만끽하고픈 여행지라서
여유롭게 생각하는 것일까. 이번 여행에서 정교하게 새겨진 문신을 보게 됐다.
한 폭의 정밀화처럼 보였다.
"함께 여행한 주술사가 자신의 모습을 제게 그려주고 싶다고 해서 망설임 없이
선뜻 팔뚝을 내주었죠. 저를 영원히 지켜주고 싶다고 했거든요. 그래서인지
이 문신을 하고 난 뒤 마음이 더 편해진 것 같아요."
야무진 팔뚝 위에 강한 기운을 내뿜으며 주술사가 그려져 있었다.
모든 이들의 평화도 함께 지켜줄 듯 말이다.
"대중 목욕탕도 가고 찜질방도 가요. 혐오감을 주는 문신이
아니라고 생각하거든요. 다들 멋있다던데요."
사연으로 따지자면 용 문신도, 주술사 문신도 문제될 것 없지 않을까.

이과수 폭포로 돌진하는 스피드 보트 투어

스피드 보트 투어는 브라질에서 아르헨티나를 넘나드는 투어다. 대부분
브라질에 숙소를 정하고 아르헨티나로 버스를 이용해 국경을 넘은 뒤
투어에 참가하게 된다. 이과수 강의 '우정의 다리'를 건너면서 단박에
국경을 넘었다는 걸 알 수 있다.
스피드 보트는 항상 관광객들로 꽉꽉 찬다. 한번에 서른 명 이상이
동시에 투어를 하게 된다. 남미 여행에서는 거의 영어가 통하지 않는다.
그러다 외국인 관광객들과 한데 섞여 떠나는 투어에선 가이드가 영어로
설명해준다. 이때 한국말 이상으로 반가운 마음이 들기도 한다.
스피드 보트 투어를 포함해 주요 관광지를 돌아보는 데 드는 비용은
US$60 이상.

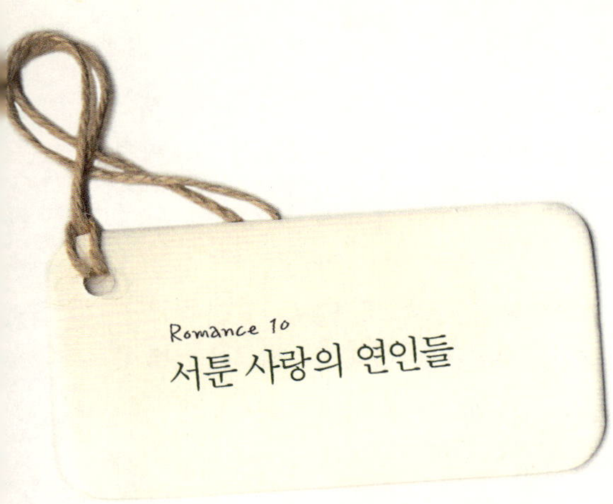

서툰 사랑의 연인들

　여행자들의 마음은 치즈 케이크처럼 부드럽고 순해진다. 용서 안 될 것도 없고 용서 못할 것도 없는 것이 여행 초반의 모습이다. 지나온 시간에 대한 반성과 실수에 대한 자책도 이어진다. 아르헨티나는 가슴속 깊이 꼭꼭 숨겨 두었던 자신의 과거를 고백하기에 좋은 곳이었다.

　여행을 떠나기 위해 공항에서 처음 대면한 이들의 첫인상은 제각각이었다. 낯섦과 여행을 떠난다는 들뜸이 복합적으로 작용해서 무척 상기돼 있었다. 그런데 유난히 뚱한 표정으로, 들뜬 기색이라곤 거의 찾아볼 수 없었던 한 여인이 있었다. 여행 떠날 채비를 이제 막 마친 사람이라고 말할 수 없을 정도의 침울함마저 감돌았다. 머리는 질끈 묶어 올렸지만 시선은 자신의 발끝을 바라보고 있었다. 약속 시간을 한 시간이나 훌쩍 넘긴 뒤에 나타난 그녀의 걸음걸이에 서두르는 기색이라곤 찾아볼 수 없었다. 그녀가 그날 그렇게 어두웠던 이유를 여행 중반이 다 돼서야 알 수 있었다. 그것도 딱히 그 이유를 물어서 알게 된 것은 아니었다. 스스럼없는 대화 도중에 그녀가 입을 열었다. 마치 고백성사를 하는 소녀처럼 눈망울 가득 눈물을 머금고서 말이다.

"숯댕이가 죽었어요."

반문하지 않았다. 숯댕이가 누구인지 왜 죽게 됐는지 다그쳐 묻지 않았다. 속내를 털어놓을 수 있는 상대가 나라는 사실 하나만으로도 커다란 기쁨 아니던가. 객지에서 만난 진솔한 동반자, 여행을 떠나는 이유 중 하나니까.

'숯댕이' 는 그녀가 키우던 애완동물의 애칭이었다. 정확히 표현하면 새까맣고 작고 앙증맞은 애완 물고기다. 숯댕이는 그녀가 여행을 떠나던 그날 아침, 세상과 이별했다. 며칠 전부터 힘없이 자맥질하던 숯댕이에게 이미 사형선고는 내려진 거나 마찬가지였다. 하지만 예감했던 이별이 그렇게 빨리 찾아올 줄 몰랐다고 했다. 숯댕이는 여행 출발 당일 새벽에 갑자기 죽음을 맞이한 것이다. 그녀가 곁에 있을 때 마지막 이별을 하고 싶었는지도 모를 일이었다. 그녀는 미리 만들어두었던 종이 관에 숯댕이를 눕혔다. 사료도 함께 넣어주었다. 그리고 그녀가 사는 앞뜰에 숯댕이를 묻어주고 왔다고 했다.

"숯댕이를 처음 만났을 때 전 주인이 강조한 말이 있었어요. 제게 어항 물을 갈아주는 횟수와 사료 주는 횟수를 정확히 알려주면서 지켜달라고 했죠. 그런데 숯댕이를 키우면서 그가 알려줬던 규칙을 조금씩 무시하게 됐던 것 같아요. 제 나름의 사랑법을 택했던 거죠. 너무 사랑스럽고 귀여워서 느긋하게 바라볼 줄 몰랐던 것 같아요. 더 자주 숯댕이에게 먹이를 주고 어항 물을 갈아주었어요. 숯댕이를 곁에서 지켜보면서 그 녀석이 불편해하는 것을 나름 잘 알아차린다고 생각했어요."

“······.”

“지나친 사랑이 독이 될 줄은 상상도 못했어요······.”

“숯댕이는 어떻게 생겼니?”

“숯댕이 보고 싶으시죠? 제가 사진을 가져왔거든요. 보여드릴게요.”

MP3 초기 화면에서 숯댕이를 만날 수 있었다. 죽은 뒤에 종이 관에 넣어둔 숯댕이를 촬영한 사진 속에서. 생생한 한 장의 그림을 보는 듯했다. 그런데 갑자기 내 눈에서 눈물이 왈칵 흘러내렸다. 숯댕이의 표정이 눈에 들어왔다. 편해 보이는 종이 관 속에서 애처롭게 슬퍼하는 숯댕이의 표정을 읽을 수 있었다. 금방이라도 숨을 헐떡이며 지느러미를 움직일 듯 촉촉하게만 보이는데 이미 영혼은 사라진 뒤라니······. 순간 울컥하고 눈물이 핑 돌았다. 담담했던 그녀가 오히려 나의 눈물에 당황하기 시작했다. 그녀는 어떤 생각이 떠올라서 눈물을 흘렸느냐며 내게 조심스레 물었다. 눈물을 훔치고 고개를 들어 그녀를 바라봤다. 그녀의 눈가에도 눈물이 그렁그렁 맺혔다. 그녀는 숯댕이와 너무도 닮아 있었다. 더 이상 그녀를 슬프게 만들고 싶지 않았다.

“미안해. 다른 생각이 나서 눈물이 났어.”

다행이다. 다른 생각이 뭐냐고 더 이상 묻지 않았다. 한동안 그렇게 말없이 앉아만 있었다.

그녀 못지않은 애틋한 여인이 한 명 더 있었다. 청 미니스커트를 입고 목마 태운 듯이 자기보다 훌쩍 큰 배낭을 짊어지고 나타난 여인. 에스 라인의 몸매도 아니고 늘씬한 각선미를 지닌 건 더더욱 아니었음에도 불구하고 스타킹 하나 걸치지 않은 채 출국장에 당당히 나타났다. 두 여인에겐 공통점이 딱 하

TONYROMA'S

나 있었다. 동갑이라는 것이다. 그 외에는 전혀 다른 색깔을 띤 여인이었다. 나와는 워낙 나이 차이가 나는 동생들이라 말을 붙이기가 쉽지 않았다. 나는 나대로 그녀들은 그녀들대로. 그러다 우연히 같은 방을 사용하면서 그녀들의 색깔을 하나둘 알아가게 됐다. 여행지에서 현지인들을 만나 새로운 문화를 접하는 것 이상으로 재미있고 흥분되는 일은 같이 여행길을 떠나온 동반자들을 알아가는 일일 것이다.

그녀의 라틴아메리카 여행 준비 과정은 간단했다. 하루 만에 여행을 떠나기로 결심했고 여행지도 급하게 찾다가 자신의 일정과 맞아떨어진 라틴아메리카를 택하게 됐다고 했다. 그렇다면 그녀가 부랴부랴 여행을 떠나온 이유는 무엇이었을까. 그건 바로 사랑이었다. 진한 사랑의 가슴앓이가 그녀를 떠나게 만든 것이다. 새로운 세상에 대한 경험 이상으로 사랑의 상처를 잊기 위해 여행길에 오르는 이들이 꽤 많았다. 쉽게 연락할 수 없고 쉽게 만날 수 없는 곳을 찾다 보니 여행을 선택하는 것이다. 정리되지 않은 감정 탓에 큰 배낭 안에는 필요한 물건들보다 굳이 가져오지 않아도 될 물건들이 더 많이 쌓여 있었다. 하다못해 편한 바지 한 벌이라도 더 챙겼어야 했는데 덜컥 옷장에 걸려 있는 청치마를 입고 나올 정도로 쉽게 가라앉지 않는 감정과의 싸움을 하고 있었던 것이다.

"약만 잔뜩 들고 왔네요. 정작 마음을 치료할 약은 하나도 없으면서……."

사랑의 상처를 치유할 수는 있는 것일까. 식지 않은 뜨거운 열정을 안고 떠나온 길에서 냉정을 찾을 수는 있는 것일까. 그렇다. 맞다. 여긴 엔도르핀이 샘솟는 여행지가 아니던가. 냉정을 찾을 필요도, 떠난 사랑에 미련을 가질 필요도 없다. 여행을 꿈꾼 순간부터 이미 그 모든 일상에서 벗어나고 있는 것이다. 그런 목적으로 여행을 떠났다면 특히 주의할 건 알코올이다. 알코올 기운이 세포 하나하나를 자극할 때면 어김없이 옛 연인에 대한 그리움이 스멀스멀 새어나오게 된다. 그것이 때론 눈물을 만들고 때론 또 다른 사랑을 찾아 헤매게 만든다. 그럴 때면 과감해질 필요도 있는 듯하다. 울고 싶을 때 목 놓아 펑펑 울어도 보고, 여행지 전체를 지우고 없애버릴 정도의 진한 감정이 아니라면 도전적 사랑도 해볼 만하다. 단, 애절하고 깊은 감정보다는 찰랑찰랑한 설렘일수록 두고두고 오랫동안 기억에 남겨둘 수 있을 것이다. 자칫 잘못했다간 여행에 대한 추억 모두를 후벼 파내야 하는 절박한 상황에 직면할지도 모르기 때문이다.

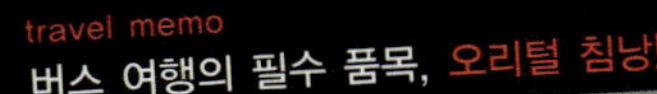

버스 여행의 필수 품목, 오리털 침낭!

첫 경험이 좌우한다. 남미에서 처음 탄 버스의 서비스가 꽤 괜찮았다.
출출할 때 먹을 수 있는 갖가지 과자와 달콤한 음료,
게다가 폭신한 담요를 건네받으면서
버스 여행도 꽤 할 만하다는 감탄사가 절로 나왔다.
하지만 다음 버스 여행에서 완전 낭패를 봤다.
똑같은 서비스가 제공될 거라는 기대는 무너져내렸다.
버스 회사마다 각기 다른 서비스를 제공하기 때문이다.
배낭은 버스 아래쪽에 있는 짐칸에 먼저 싣기 때문에
뒤늦게 보온을 위해 침낭을 꺼낼 기회는 아예 없다.
아무리 훌륭한 서비스를 제공하는 버스 여행이라 할지라도
개인 침낭을 미리 꺼내들고 타야 여행 기간 내내 탈 없이 지낼 수 있다.
한낮의 기온이 봄 날씨처럼 따뜻하다 해도 밤이 되면 기온이 뚝 떨어지고
더군다나 버스 안에선 히터를 틀지 않는 경우도 많기 때문이다.
히터를 튼다 해도 만족스런 보온을 기대하긴 어렵다.
특히 맨 앞자리를 배정받았다면 침낭은 필수다.
찬바람이 들이쳐 추위에 그대로 노출되는 자리다.
밤새 추위에 떨어 코끝은 벌겋고 입술은 새파랗게 변해
고생하는 여행객들이 종종 있다.
그래서 버스 여행의 필수 품목은 침낭이다.
간혹 잘 개켜져 있는 침낭이 그대로 흔적 없이 사라지는
난감한 일이 발생할 수 있으니 주의하기 바란다.

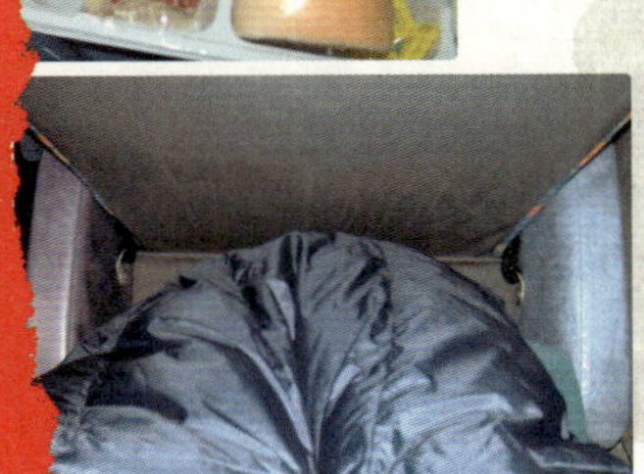

플라자 도레고,
탱고와의 조우

'저 여자 무희, 눈빛 좀 봐. 저렇게 고혹적인 눈빛은 도대체 어디서 나오는
걸까. 사랑일까, 아니면 춤일까.'

부에노스아이레스의 플라자 도레고. 말 그대로 도레고 광장이다. 광장이
라고 하기엔 그리 넓지 않은 공간이지만 아르헨티나의 첫인상은 그곳에서 만
난 탱고로부터 시작되었다. 그날 늦은 점심 식사를 하기 위해 광장에 세팅된
테이블에 앉았다. 우리와는 정반대의 계절을 안고 사는 그들에게도 만만치
않은 겨울 날씨다. 하지만 한낮의 따뜻한 햇살은 온몸을 휘감던 싸늘한 기운
을 서서히 녹이고 있었다. 게다가 부드럽고 쌉싸름한 레드 와인은 화끈거리
는 온기를 불어넣어주었다. 낯빛이 볼그스름해졌다.

그때 한 쌍의 남녀가 성큼성큼 걸어 나왔다. 그러고는 광장 중앙에 다소곳
이 섰다. 한편에 놓아둔 스피커에서 '포르 우나 카베사(Por Una Cabeza, 간발의

차이라는 뜻)' 라는 음악이 흘러나왔다. 영화 〈여인의 향기〉 OST로도 유명한 그 음악에 맞춰 춤을 추기 시작한다. 처음엔 현란한 발놀림에서 눈을 뗄 수 없었다. 옆으로 탁 트인 치마 사이로 훤히 드러나는 무희의 섹시한 각선미와 그녀를 지탱해주는 남자의 파워풀한 동작까지 시선을 사로잡기에 충분했다. 레드와인과 길거리 댄서, 뭔가 야릇한 사건이 눈앞에 펼쳐질 듯했다. 무희의 부드러운 발에서 눈을 점점 위로 들어올렸다. 그 순간 시선은 한곳에서 멈춰버렸다. 무희의 눈빛. 그것은 연출된 것이 아니었다. 분명 연기가 아니었다. 그녀는 선율에 맞춰 순수한 사랑과 섹시한 질투의 화신을 넘나들고 있었다. 그런 그녀의 춤은 눈으로부터 시작되고 있었다. 격정적인 순간마다 숨 고르기를 하는가 싶더니 그 모든 열정을 눈빛으로 뿜어내고 있었다. 눈빛으로 말하고 있었다. 부드럽지만 절도 있는 춤사위 또한 보는 이마저 숨죽이게 했다. 그녀와 함께 나의 호흡도 잦아들었다. 그녀의 춤이 고조될수록 나의 심장은 터져 나올 듯했다. 아무리 감추려 해도 들켜버린 듯 나는 가쁜 숨을 몰아쉬고 있었다.

예술을 즐길 때 순간 온몸에 소름이 돋는 기분을 느껴본 경험이 많을 것이다. 쌀쌀한 날씨 탓에 쉽게 소름이 돋았다 생각했지만 그건 분명 흥분을 감추지 못하고 온몸이 반응하고 있는 것이었다. 짧고 강렬한 한 곡의 탱고가 끝이 나고 박수갈채가 터져 나왔다.

'내가 춤을 춘 것도 아닌데 왜 이리 힘이 빠질까?'

손끝은 떨리고 다리에 힘이 풀렸다. 순간 어색해져서 주위를 둘러봤다. 현지인들은 자연스럽게 하던 일을 하고 있었다. 무희들에게 좀 더 집중해주길 바랐던 마음도 금세 사라져버렸다. 탱고를 일상생활에서 접할 수 있는 그들과 나의 문화 차이다. 그들이 부러웠다.

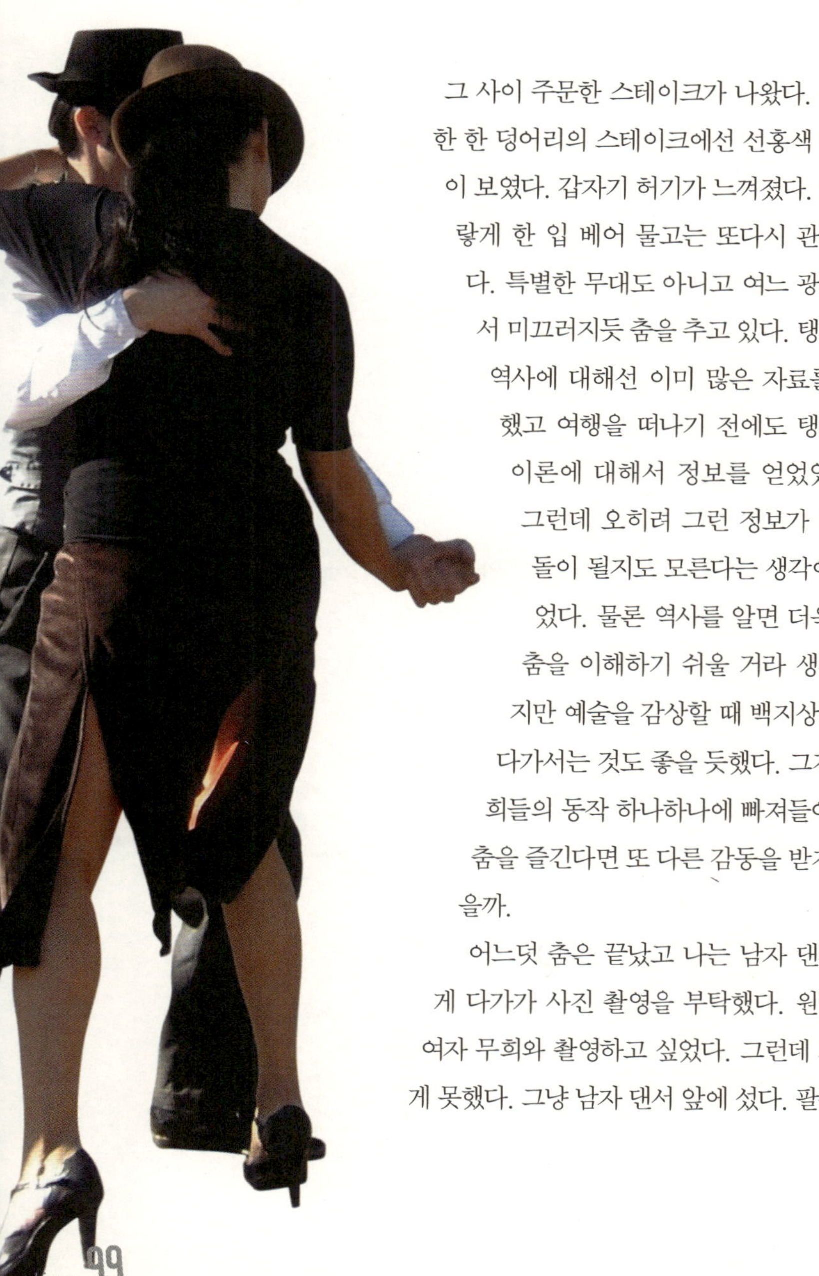

그 사이 주문한 스테이크가 나왔다. 두툼한 한 덩어리의 스테이크에선 선홍색 핏빛이 보였다. 갑자기 허기가 느껴졌다. 커다랗게 한 입 베어 물고는 또다시 관람이다. 특별한 무대도 아니고 여느 광장에서 미끄러지듯 춤을 추고 있다. 탱고의 역사에 대해선 이미 많은 자료를 접했고 여행을 떠나기 전에도 탱고의 이론에 대해서 정보를 얻었었다. 그런데 오히려 그런 정보가 걸림돌이 될지도 모른다는 생각이 들었다. 물론 역사를 알면 더욱 그 춤을 이해하기 쉬울 거라 생각하지만 예술을 감상할 때 백지상태로 다가서는 것도 좋을 듯했다. 그저 무희들의 동작 하나하나에 빠져들어 그 춤을 즐긴다면 또 다른 감동을 받지 않을까.

어느덧 춤은 끝났고 나는 남자 댄서에게 다가가 사진 촬영을 부탁했다. 원래는 여자 무희와 촬영하고 싶었다. 그런데 그렇게 못했다. 그냥 남자 댄서 앞에 섰다. 팔짱을

끼거나 나란히 서는 것을 생각했던 내게 그가 손을 건넨다. 그러고는 지그시 잡더니 탱고의 기본 동작을 하자는 무언의 제안을 한다. 키 작은 내가 여자 무희처럼 시원하고 멋들어진 동작을 만들어낼 순 없었지만 그의 품에서 탱고의 기본 동작을 맛볼 수 있었다. 댄서 둘의 관계가 궁금했다. 발동한 호기심은 질문으로 이어졌다.

"You are lover?"

"……."

배시시 웃기만 한다. 못 알아들었을 리 없다 생각한 나는 반대편에 서 있는 무희를 가리키며 다시 한번 물었다.

"Lover?"

그가 해맑게 웃는다. 그의 하얀 치아가 햇빛에 반사돼 반짝 빛났다. 나는 미간을 찌푸리며 되받아 웃었다. 결국 답을 들을 순 없었지만 연인일 거란 생각은 섣부른 판단 이었다. 탱고에 몰입하면 그 순간만큼은 상대 를 사랑할 수밖에 없다는 걸 다음 날이 돼서 야 이해하게 됐다. 내가 직접 탱고를 배우 고 나서 그 질문에 대한 답을 웃음으로밖 에 할 수 없다는 걸 알게 된 것이다. 무희 의 눈빛에 대한 해답을 찾은 것이다.

"남미 여행 중 가장 좋았던 나라는 어디니?"
"아르헨티나!"
"왜?"
"사람이 모이는 곳이면 어디서든지 탱고를 볼 수 있어서."
남미 여행을 선택한 이들은 대부분 페루를 동경했다.
그건 어디까지나 떠나기 전 상황이다.
그렇다고 페루 여행이
실망스럽다거나 감동적이지 않다는 이야기는 결코 아니다.
페루를 제외한 나머지 나라들에 대해
커다란 기대가 없었던 때문인지
오히려 여행 후에 달라진다.

　　물론 풍부한 정보의 부재일 수도 있고,
　　페루뿐만 아니라 브라질, 칠레, 볼리비아 등
　　어느 곳 하나 빠지지 않을 감동을
　　안고 있어서일 수도 있다.
　　그래도 그중에서 한 나라를 콕 집으라고 한다면
　　아르헨티나를 선택하겠다는 이야기로 이해해주길 바란다.
　　특히 주말이면 플라자 도레고는 더욱 재밌는 장소로 변한다.
　　주말이면 사람이 지나다닐 길 하나를 빼고는
　　전체가 여러 색깔을 지닌 곳으로 변한다.
　　흥정도 재미있고 상술이 판을 치지 않는다.
　　쪼그리고 앉아 엉덩이가 다 보일 정도로 뭔가에 집중해 있는
　　주인장을 한참이나 서성이며 쳐다봤다.
　　눈이 마주치자 빙그레 웃는다.
　　사진기를 한곳에 집중하면서 연신 들이대도 아랑곳하지 않는다.
　　사진기를 들고 있는 내가 더 음흉하게 보일 정도니까.

골동품을 가져다놓고 파는 곳에서 한글이 새겨진
상패를 발견했다.
반가운 마음에 그것을 가리키며 주인을 향해 소리를 질렀다.
"코리아!"
"예에! 코레아!"
적힌 글을 정확히 읽어 내려간 주인을 다시 쳐다봤다.
간혹 어느 나라 말인지 모르면서
글씨체를 모으는 사람들이 있다고 했다.
이 세상을 구성하고 있는 모든 것엔
제 나름의 갈 길이 있음이 분명했다.
참으로 먼 곳까지 여행 온 상패였다.

탱고 고수도,
나도 떨고 있었다

둘은 이미 흥분이 고조된 상태였다. 빈틈 하나 없이 맞잡은 두 손은 서로의 체온으로 인해 살짝 땀이 배어나왔다. 전날 무대 위에서 만났던 그는 화려한 조명 아래 무희의 허리를 움켜쥐고 하나가 된 듯 너울너울 춤을 췄었다. 때론 강렬하고 파워가 느껴지는 춤사위로 내 눈을 사로잡았었다. 그런 그가 지금 이 순간 내 앞에 서 있다. 고개를 들어 그를 올려다봤다. 훤칠한 키에 뽀얀 피부가 한눈에 들어왔다. 탱고 음악에 맞춰 내 시선도 춤을 추고 있다. 귀에서 부터 목선을 타고 어깨로 내려오며 조심스레 시선을 돌렸다. 절제된 그의 호흡이 내게로 번져왔다. 그를 따라 호흡도 변해가고 있었다. 전날 그와 함께 춤을 추던 무희를 기억에서 꺼내들었다. 그녀가 되고픈 욕망이 조심스레 고개를 쳐들고 집중하면 할수록 이내 긴장만을 쏙 빼놓은 나를 발견할 수 있었다. 어느새 그의 스텝을 내 몸은 쉽게 따라가고 있었다. 부드럽게 동작을 이

어가는 그를 따라 허공을 거니는 듯 나는 깃털처럼 가벼워지고 있었다. 마주
선 두 사람이 하나가 돼야 한다는 걸 그의 손에서 느낄 수 있었다. 허리를 부
드럽게 감아쥔 그의 손에서 말이다.

'이래서 여자들이 카바레에서 바람이 나는구나.'

그 순간 장바구니 들고 바람난 여자들의 일상을 희화한 영화의 한 장면이
떠올랐다. 어둡고 음침한 카바레에서 야리야리한 제비족을 만나 애틋한 사
랑에 빠져들고 마는 장면을 보면서 유치하다 생각했었다. 그건 배움이 부족
하고 사랑을 받지 못한 여자들의 천박한 행태라 여겼었다. 그런데 아주 조금
은 그 마음을 이해할 수 있을 만큼 나는 빠져들고 있었다. 탱고의 본고장 아
르헨티나에서 고수에게 춤을 전수받고 있다는 자부심 때문에 그런 감정마저
도 허락할 수 있었을지 모른다. 짧게 스치고 지나간 복잡한 생각들은 탱고 음
악 속으로 사라져버렸다.

전날 플라자 도레고에서 만난 길거리 탱고를 아쉬워하던 중 밤마다 탱고
쇼가 펼쳐진다는 자그마한 카페에 들어서게 된 것이 인연을 만들어낼 줄은
몰랐었다. 관광객들을 위해 마련된 커다란 무대에서도 화려한 탱고를 만날
수 있지만 나는 일부러 현지인들이 주로 찾는 작고 아담한 카페를 물색했다.
탱고를 좀 더 가까이에서 보고픈 마음에 선택한 장소였다. 열정적인 탱고 무
대가 끝나고 어디서 나온 용기인지 나는 그를 무대 밖으로 불러냈다. 그리고
그에게 제안을 했다. 단 하루만이라도, 단 한 시간만이라도 탱고를 경험해볼
수 있겠느냐고. 현지인들을 상대로 춤을 가르치던 그는 무척 놀라서 눈이 휘
둥그레졌다. 그리고 잠시 후 그는 흔쾌히 승낙을 했다. 다음 날로 약속을 잡
은 뒤 설레여 잠을 이룰 수 없었다. 이른 아침 다른 일정을 뒤로 한 채 그의 연

습실을 찾았다. 그는 생애 처음으로 동양인 제자를 두게 됐고 나는 탱고 고수의 매력에 흠뻑 빠져들 기회를 얻게 됐다. 춤을 추고 있는 나의 머릿속엔 전날의 일들이 한 편의 드라마처럼 지나갔다. 춤이라곤 한번도 배운 적 없는 내게 비교할 대상은 없지만 탱고의 감흥은 형언할 수 없을 정도였다. 몇 달간 기본 스텝을 배우고 또 몇 달이 걸려야 상대와 마주 서서 춤을 출 수 있다는 탱고를 한 시간에 배우는 건 무리라고 했다. 하지만 그 매력에 빠지기엔 충분한 시간이라 감히 말할 수 있다.

"허리를 꼿꼿이 세우고 팔이 처져서도 안 됩니다. 남자가 중심축이 돼서 리드하면서 무희의 아름다운 선을 마음껏 펼칠 수 있게 해야 아름다워 보이거든요. 당신의 몸을 내게 의지해보세요."

시선 처리에 대한 별다른 지시는 없었다. 그럼에도 불구하고 춤을 출수록 경직됐던 긴장은 풀어졌고 풀어진 긴장은 시선으로 옮아가고 있었다. 주변의 시선은 아랑곳하지 않고 그에게 몸을 의지한 채 시선도 함께 움직였다. 그리고 플라자 도레고에서 만난 무희의 눈빛이 떠올랐다. 상대를 갈망하던 그 눈빛이 오버랩되면서 나는 그녀를 흉내 내고 있었다. 사랑하는 연인 사이 아닐까라는 착각이 들 정도로 그녀의 눈빛은 초점을 잃고 있었고 이미 나도 그랬다. 그런데도 그것이 야릇한 상상을 하거나 상대에게 흑심을 품게 하는 것이 아니라 탱고에 빠져들게 했다. 약속했던 한 시간이 훌쩍 지났다. 아쉬운 이별을 해야 했다. 한 시간의 수강료를 지불하면서 돈을 건넨 손이 부끄러웠다. 하얀 봉투라도 있었으면 좋았을 텐데…….

"그동안 함께 춤을 췄던 파트너 중에서 제일 작고 가벼웠어요. 그리고 시키는 대로 잘 따라줘서 오히려 내가 고마워요. 탱고에 대해 좋은 기억을 안고 한국으로 돌아가서 다행이라 생각해도 되겠죠?"

잠시 꿈을 꾼 듯했다. 평생 살면서 탱고를 볼 때마다, 탱고 음악을 들을 때마다 그리고 아르헨티나를 생각할 때마다 그를 떠올릴 것이다. 두 시간 가까이 곁에서 연신 사진을 찍어대며 구경하던 언니가 내 눈을 똑바로 바라보며 속삭인다.

"플라자 도레고에서 봤던 무희의 눈빛 생각나?"

무희의 눈빛에 대해 단 한번도 이야기한 적이 없었는데 언니는 그녀의 눈빛을 떠올린 듯했다. 내 눈빛에서.

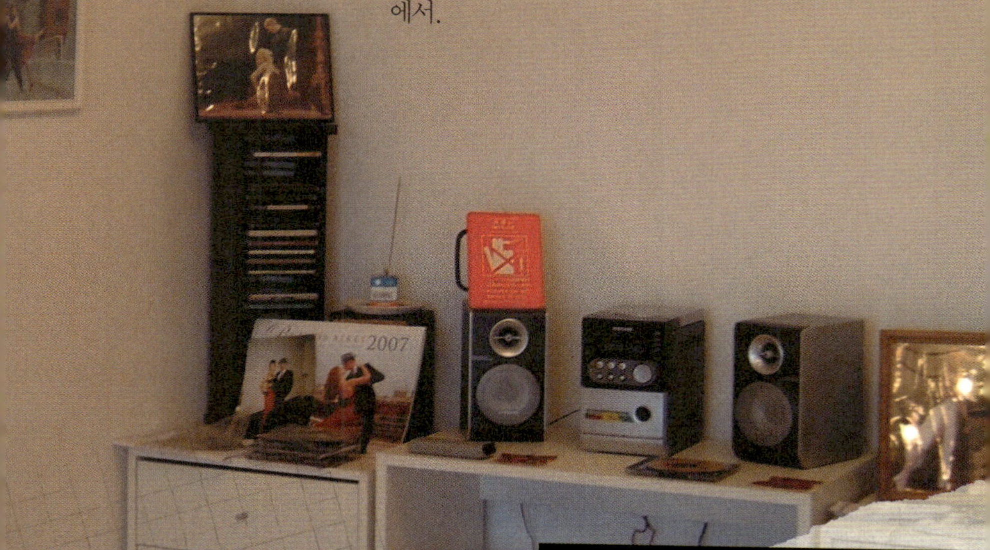

언제까지 바라보고만 있을 것인가, 탱고

탱고는 포르테뉴(항구 사람이란 뜻)의 정열과 고단한 삶이 고스란히 녹아 있는 춤이다. 19세기 말 돈을 벌기 위해 유럽을 비롯한 세계 각지에서 찾아온 이민자들과 가난한 노동자들이 싸구려 선술집에서 향수와 힘겨운 삶을 이기기 위해 추기 시작했다. 그들은 고독한 삶을 달래기 위해 창녀들과 함께 춤을 추었고 그것이 탱고다. 고독과 그리움을 달래기 위해 탄생한 탱고는 유럽으로 넘어가면서 화려한 춤으로 부활하게 되었다.

카페 종업원과 음악을 나누다

스페인에서의 일이었다. 우연히 받아든 전단지를 보고 성당으로 발길을 돌렸다. 지금은 정확히 기억나지 않지만 현지에서 유명한 기타 연주자의 작은 콘서트가 성당에서 열린다는 것이었다. 성당에서의 연주회는 상상만으로도 색다른 경험을 안겨줄 것 같아 기대감으로 부풀어 올랐다.

두 시간이 넘는 공연 내내 기타 소리에 혼이 빠진 듯 멍하니 앉아 있었다. 성당의 울림은 그 어떤 스피커보다 더 멋들어진 소리를 만들어냈고 심금을 울리는 연주에 주체할 수 없는 눈물을 흘렸던 잊지 못할 경험이었다.

연주회는 끝이 나고 입구에서 그의 연주를 녹음한 시디를 판매하고 있었다. 1만 5000원 정도면 살 수 있는 시디를 눈앞에 두고 살까 말까 망설이다 한국에 돌아가면 쉽게 구할 수 있을 거란 생각에 빈손으로 나왔다.

귀국 후 스페인을 생각하면 그 연주자가 떠오르고 시디를 구입하지 않은 아쉬움이 연이어 밀려오곤 했다. 구하려고 애를 쓰면 못 구할 리 없지만 현장에서 샀어야 했음을 뒤늦게 깨달은 것이다. 단 몇 푼이라도 아껴야 하는 배낭여행족에게는 시디 구입조차 사치라 여기던 어린 시절의 일이다.

그 뒤로 여행지에서 갖고 싶은 시디는 망설임 없이 사게 되었다. 카페에서 흘러나오는 음악이 좋으면 주인에게 그 제목을 물어 근처 레코드 가게를 찾는 것도 여행의 즐거움이 됐다. 시디 한 장이 때론 추억의 매개체 역할을 충분히 했기 때문이다. 라틴아메리카 여행을 시작하면서 이번에도 놓치지 않고 좋은 음반을 사오리라 결심했었다. 인터넷이 발달하지 않은 나라일수록, 전자 제품이 비싼 나라일수록 레코드 가게를 쉽게 찾을 수 있으며 그것이 어린 시절, 유명 가수의 음반을 사 모으던 순수의 시절로 돌아가게 만드는 힘이 있기 때문이다.

부에노스아이레스의 플로리다 거리에서는 탱고 음악부터 신세대 힙합까지 다양한 음악을 들을 수 있었다. 어김없이 시디를 한 장 구입하고는 든든한 마음으로 숙소로 돌아오던 길에 작은 카페를 찾았다. 며칠 머무르는 동안 눈여겨 봐두었던 아담한 카페였다. 아르헨티나엔 골목 모퉁이마다 그윽한 커피 향으로 유혹하는 카페들이 많다. 될 수 있으면 새로운 카페에 가보고 싶은 마음이 앞서는데 결국 그날은 익숙한 곳으로 들어가고 말았다. 두 번째 방문인 나를 종업원이 알아보고 눈인사를 건넸다. 동양인의 방문이 흔치 않은 일인 데다 가방에서 꺼내든 한 뼘 크기의 노트북도 신기한 눈치였다.

향이 짙은 커피를 주문하면 허기를 때울 수 있는 달달한 쿠키 한 조각을 서비스로 준다. 때론 서비스로 나오는 쿠키 때문에 커피를 주문하기도 했다. 인근에 갓 터를 잡은 동양인인 양 편안하고 여유로운 시간을 보내는 내게 순간

좋은 생각이 떠올랐다. 방금 구입한 가방 속
시디가 눈에 들어온 것이다. 비닐도 벗기지
않은, 손때 하나 묻지 않은 시디였다. 시디를
꺼내들고는 종업원을 쳐다봤다. 이미 그
는 커피를 마시는 유일한 동양인 손님인
나를 주시하고 있었다. 짜여진 각본처럼
시디를 살짝 치켜들었다. 내가 무엇을
생각하고 있는지 그다음 행동에 대해 그
는 알고 있는 듯했다. 성큼성큼 다가온
종업원이 시디를 집어 들더니 스피커를
가리킨다. 스페인어를 전혀 못하는 나와

영어를 전혀 못하는 종업원이 서로의 마음
을 충분히 이해한 순간이었다. 종업원이 비닐 포장을 직접 뜯으라는 시늉을 하
자마자 시디를 받아들고는 재빠르게 포장을 벗겼다. 카페 안에 흘러나오던 음
악 소리를 단박에 끊어버리니 잠깐의 정적이 흘렀다. 주방에서 쳐다보던 또 한
명의 종업원이 그에게 다가가서는 소곤소곤 이야기를 주고받는다. 그러더니
내게 미소를 건넸다.

　스피커에선 둔탁한 전주곡이 흘러나오고 두 명의 종업원도 카페 의자에 걸
터앉았다. 창밖을 바라보며 앉은 두 남자와 한 여자를 위해 음악이 흘러나오고
있었다. 토닥토닥 노트북 자판 두드리는 소리는 리듬을 맞추는 듯 악기 연주로
변했고 테이블을 손끝으로 톡톡 치며 음악을 즐기는 두 남자는 평온한 한낮을
만끽하고 있었다. 그렇게 몇 곡이 연주된 후 또 다른 음악의 전주곡이 흘러나

오자 두 남자는 서로 눈을 마주쳤다. 그들은 허둥지둥 시디 케이스로 다가가 속닥거렸다. 그러다 어깨를 들썩이고 머리를 흔들며 음악에 맞춰 춤을 췄다. 처음 듣는 음악이었지만 리듬이 쉬워 나도 그들의 동작을 따라했다. 서로를 쳐다보며 빙그레 웃었다.

두 발자국 정도 떨어져 있던 그들은 내게 숫자 '24'를 손가락으로 만들어 보인다. 그리고 엄지손가락을 치켜세운다. 지금 흘러나오는 곡은 어림잡아 일곱 번째 곡쯤 됐을 것이다. 마지막 곡인 스물네 번째 곡이 끝날 때까지 그곳에 머물렀다. 그 사이 연인이 카페 안으로 들어왔다. 단순히 주문을 받는 것 말고도 서로의 안부를 주고받던 그들에게 카페 종업원은 지금까지의 상황을 설명하는 듯 보였다. 어느덧 아름다운 선율의 스물네 번째 곡은 끝이 났다. 노트북을 앞에 두고 밀렸던 정리도 끝나고 시디는 내 손에 건네져 있었다. 그들도, 나도 잊지 못할 한낮의 낭만이었다.

travel memo

여행지에서 한국 음반을 틀었다면

여행 떠나는 길에 MP3뿐만 아니라 유명 가수의 시디 몇 장을
가져갔어야 했다. 짐을 줄여야 한다는 생각에, 서둘러 배낭을 닫아버렸는데,
막상 현지에서 산 시디를 카페에서 듣고 나니 아쉬움이 밀려왔다.
카페에서 한국 음반을 종업원에게 건넸더라면 그들에게도 신선한 경험을 안겨줬을 텐데.
MP3를 꺼내들고 음악을 듣는 나를 유심히 바라보던 한 여인이 생각났다.
그녀의 입에서 'Winter Sonata(겨울 연가)'라는 말이 튀어나왔을 때 선물로 줄 것이 없어서
너무 아쉬웠다. 자그마한 행동 하나가 한국의 이미지를 더욱 좋게 했을 텐데.

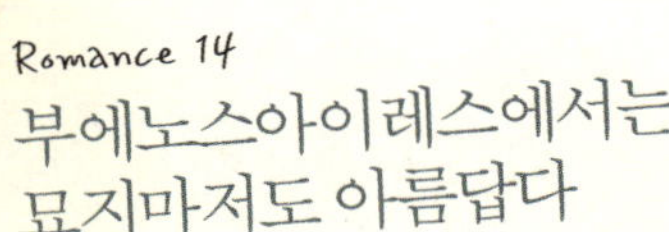

아르헨티나의 수도 부에노스아이레스를 방문하는 사람이라면 잊지 않고 들르게 되는 독특한 곳이 있다. 바로 레콜레타 묘지다. 우리도 도심 근교에 납골당이 들어서면서 그 문화가 점차 변해가고는 있지만 레콜레타 묘지는 색다른 느낌을 안겨줬다. 묘지를 찾아가는 내내 최고급 호텔과 레스토랑, 유명 쇼핑센터 등 명성 있는 상가와 고급 아파트, 각국의 해외공관들이 들어서 있어 놀라지 않을 수 없었다. 그만큼 땅 값이 비싼 시내 중심지에 묘지가 자리를 잡고 있다는 것도 무척 신기한 일이다.

묘지 공원 내부에 들어서는 순간의 묘한 감정은 꽤 오랫동안 그곳을 서성이게 만들었다. 그곳은 죽은 이들을 위한 작은 도시를 연상케 했다. 쭉 뻗은 중앙로엔 차만 없을 뿐 호화찬란한 대리석들이 한눈에 들어온다.

처음 나를 레콜레타 묘지로 이끈 것은 단연코 에비타였다. 하지만 골목에 들어선 순간 제각기 다른 모양의 주택 한 채로 구성된 묘지를 보면서 그 화려함에 입을 다물 수 없었다.

"저 집 봐! 너른 뜰만 없다 뿐이지, 사람 사는 집과 다를 바 없어!"

"내부 장식도 굉장한걸."

"환한 조명 때문에 내부가 훤히 들여다보인다."

"유리에 선팅을 한 집도 있네. 들여다보지 말라는 거겠지."

"청소 중인지 문이 열린 곳도 있더라고. 현관문이 열려 있어서 안을 들여다볼 수 있었어. 그런데 안으로 들어가서 볼 수는 없었어. 이상하더라고."

gentin

묘지라고 부르기에 아까울 정도로 거대하고 웅장한 조각상을 입구에 세운 곳도 있다. 분명 관광객들의 대화 속에는 묘지가 아닌 '집'으로 표현되고 있었다. 한참을 이 골목 저 골목 구경하다 보면 머리가 쭈뼛 서는 순간이 온다. 이곳이 묘지라는 사실을 점차 받아들이게 되면서다. 괜스레 콧구멍을 벌름거렸다가도 순간 호흡을 멈추곤 했다. 골목에서 홀로 길을 헤맬라치면 걸음은 빨라지고 등골이 오싹해진다. 그러다 저 길 끝에서 사람과 마주치기라도 하면 반갑지만은 않았다. 사람인가 영혼인가 눈을 의심하게 된다. 바보처럼.

입구에 설치된 지도만으로는 수많은 유명인들의 묘지를 찾아보기가 쉽지 않다. 일일이 외울 수도 없고 그 위치 또한 헷갈리기 때문이다. 돈을 지불하고 구입한 지도를 들고 이리저리 돌아다니던 중 웅성거리는 소리가 들리는 쪽으로 발길을 돌렸다. 그곳에서 에비타를 만날 수 있었다.

다른 권력자들의 묘지보다 작고 아담하며 화려함은 덜하다는 문구를 책에서 본 기억이 났다. 정말 그랬다. 좁다란 골목 안쪽에 그녀를 추모하는 꽃이 걸려 있지 않았다면 찾기 쉽지 않았을 것이다. 그녀를 추모하는 많은 이들이, 그녀를 만나고 싶어 하는 수많은 이들이 다녀가면서 그곳은 어떤 곳보다 따뜻한 온기를 내뿜고 있었다. 에비타의 모습과 이름이 걸려 있는 죽은 자의 문패는 향기가 느껴질 정도로 따뜻했다. 옷매무새를 만지는 이들보다 문패를 어루만지며 창살 너머로 그녀의 흔적을 찾는 이들이 더 많았다.

서른세 살의 젊은 나이에 생을 마감했으니 지금의 나보다 3년은 더 짧게 산 셈이다. 살아서 받았던 사랑 이상으로 죽어서까지도 존경받고 있는 그녀는 젊은 나이에 역사의 중심에 서 있었다. 그리고 그녀의 시간은 멈춰버렸지만 그녀에 대한 존경심은 여전히 그녀를 살아 숨 쉬게 만드는 듯했다.

끊임없이 찾아드는 관광객들을 위해 자리를 피했다. 잘 지어진 박물관 한 동보다 더 큰 의미가 있는 아르헨티나의 상징물임엔 분명했다. 그곳을 빠져나와 어슬렁거리는 고양이들과 눈싸움을 벌이고 있던 참이었다. 아이를 보듬어 안은 한 서양인과 눈이 마주쳤다. 순간 그와 내가 동시에 외친 한마디.

"에비타?"

같은 방향을 가리키며 '에비타'를 외친 둘은 마주 서서 한참을 웃었다. 서로 '에비타' 묘지를 찾아 헤매고 있을 거란 생각에 안내해주려 했던 것이다. 곧바로 통성명이 이어졌다.

"어디서 왔어요?"

"한국이요!"

"한국은 정말 아름다운 나라지요. 인천 아시죠? 제가 2년 전에 인천에서 살았거든요."

묘지에서 난데없이 '인천'이란 단어가 내 귀에 들어왔다. 반가운 마음에 다짜고짜 사진기를 들이밀었다. 곤히 잠든 아이 앞에서 호들갑을 떨며 연신 셔터를 눌러댔다.

밖으로 나와 카페에서 커피 한 잔을 마셨다. 거리는 조용하고 한산했다. 문득 우리네 묘지 문화를 떠올렸다. 산 중턱에 봉긋 올려놓은 묘지들. 납골당이 흔해졌지만 차를 타고 고속도로를 달리다 보면 쉽게 볼 수 있는 것은 그런 모습들이다. 외국인들이 한국으로 여행 와서 그것을 보는 순간 얼마나 신기할까.

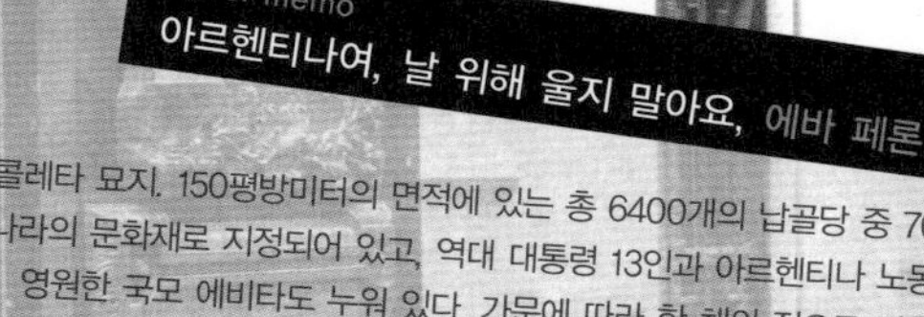

아르헨티나여, 날 위해 울지 말아요, 에바 페론

레콜레타 묘지. 150평방미터의 면적에 있는 총 6400개의 납골당 중 70개가
이 나라의 문화재로 지정되어 있고, 역대 대통령 13인과 아르헨티나 노동자의
영원한 국모 에비타도 누워 있다. 가문에 따라 한 채의 집으로 건축되어
후손들도 함께 묻히게 된다. 골목마다 길 이름과 번지수,
안치된 사람들의 이름을 적은 문패까지 있다.
에비타는 후안 페론 대통령의 부인인 에바 페론(Eva Peron)의
애칭이다. 에비타는 시골에서 사생아로 태어나 15세 때 부에노스아이레스로
무작정 상경하여 힘들게 살아가다 연극 배우와 라디오 성우를 거쳐 1943년
부인과 사별한 육군 대령 후안 페론을 만난다.
페론은 그녀의 미모와 헌신에 감복하여 결혼하게 된다.
1946년 대통령 선거에 페론이 당선되자 에비타는 서민을 위한
파격적인 복지 정책을 내놓아 많은 지지를 받는다. 불과 26세에 퍼스트레이디가
되었다가 33세에 요절한 에비타(1919~1952년). 자국에서뿐만 아니라
외국에서도 대단한 그녀의 인기를 묘지에서 확인할 수 있었다.

PARTIDAS Y ARRIBOS
PLATAFORMA 37 a 54
Arnet
0800 888 ARNET (27638)
ARCOR

SALON de TE
COCTELES
farmacity

TOMÁ LO BUENO.

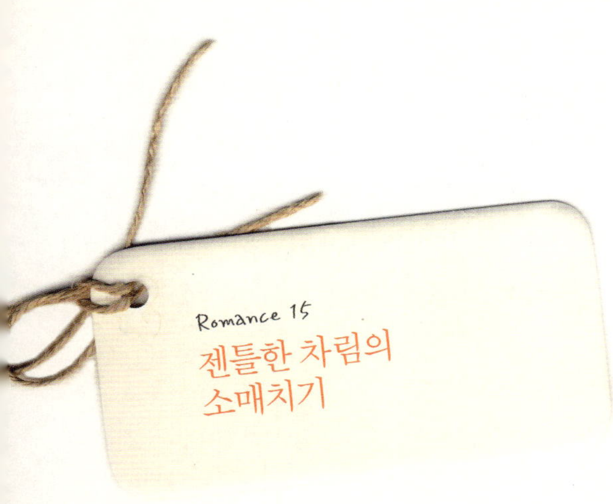

시큼한 겨자향이 풍겼다. 성격 급한 나는 항상 선두를 지켰고 스무 살의 키
큰 여동생은 후미로 빠지기 일쑤였다. 그런 그녀의 방수용 점퍼에 이상야릇
한 물줄기가 흩뿌려진 것이다. 요상한 향이 코를 찔렀다.

"어떻게 된 일이니?"

"몰라요. 낯선 이들이 다가와 뭐가 묻었다면서 닦아주겠다고 하길래 괜찮
다고 했어요. 어디서 이런 게 묻었지? 점퍼는 이거 하나 들고 왔는데……."

관광객들의 두둑한 지갑을 노린 소매치기들의 범행이 미수에 그친 순간이
었다. 소매치기들이 몰래 겨자향이 풍기는 물을 뿌린 뒤 친절을 베푸는 척 다
가와서는 범행을 일삼고 있다는 말을 들었다. 소매치기들은 적어도 두 명 이
상 붙어 다니며 범행을 저지른다. 때론 노숙자처럼 꼬질꼬질한 상태로 접근
하는 이들도 있지만 말쑥한 차림으로 다가와 긴장을 늦추게 만드는 이들도

있다고 했다. 그들의 수법은 다양하다. 동전 몇 개를 행인 앞으로 굴려 시선을 흐려놓는다. 실수로 흘린 척 다가와서는 눈이 마주친 행인에게 말을 건네는 것이다. 그 잠깐은 소매치기에게 충분한 시간이다. 아무리 귀가 닳도록 주의 사항을 듣고 정보를 얻어가도 막상 자신의 눈앞에서 이런 일이 벌어지면 깜빡 속아 넘어가게 된다. 그래서 소매치기들이 생계를 유지하는 거 아니겠는가.

"못사는 나라라 어쩔 수 없나 봐요."

"소매치기는 전 세계 어디를 가든 있을 거야. 특히 관광지라면 더욱 심하겠지. 솔직히 우리가 여행지에서 한꺼번에 들고 다니는 돈을 생각해봐. 그들에겐 더없는 먹잇감이겠지."

소매치기를 당한다는 건 하소연할 곳도, 보상받을 곳도 없는 난감한 일임엔 틀림없다. 스스로 조심하는 수밖에는.

아무리 사전 설명을 들었더라도 막상 그런 일을 당할 때는 깜빡 속게 돼 있다. 점퍼를 닦아주겠다는 거짓된 호의를 정중히 거절한 것이니 그녀는 운이 좋았다고 할 수 있다. 그런데 그게 끝이 아니라 어처구니없는 사건은 숙소에서도 벌어진다.

여행자들에게 유스호스텔은 싸고 편하고 아늑한 곳이다. 때론 세계 각지의 여행자들과 정보를 교류할 수 있는 장소이기도 하다. 하지만 이곳에서도 잠깐의 실수가 또 한 명의 도둑을 만들어내고 말았다.

여행지에서는 피부 관리가 쉽지 않다. 피부를 촉촉하게 관리하려는 생각 자체를 포기해야 하지만 마냥 방심할 수만은 없기 때문에 값비싼 제품을 간혹 여행지에 가져가는 경우가 있다. 값싼 오일 제품을 바르기도 하지만 자신이 사용하던 고가 제품을 통째로 들고 오기도 한다. 사용하던 제품을 누군가 훔쳐가리라곤 상상하지 못하기 때문이다. 그런데도 공동 샤워장에서 단 몇 초 사이에 물건이 사라지는 어처구니없는 일이 발생하기도 한다. 정말 눈 깜짝할 사이에 물건이 없어지고 마는 것이다. 호들갑을 떨어봤자 이미 그 누군가의 배낭에 깊이 숨겨져 있을 터이다. 일일이 남의 가방을 뒤질 수도 없다. 그런 행위 또한 여행을 망치기 때문이다.

"아깝지만 잊어야지 뭐."

배낭이 사라지는 일도 있었다. 배낭 겉에 번호 열쇠 세 개를 줄줄이 달아놓은 것이 문제라면 문제였다. 장식용으로 달아놓은 자물쇠가 소매치기에겐 미끼로 여겨졌던 것이다. 버스 승차시에 배낭은 짐칸에 넣어둔다. 장시간 버스를 타게 되는 경우엔 분실을 막기 위해 일일이 인식표를 달아서 확인 절차를 밟기도 하지만 때론 중간 중간 정류장에 서게 된다. 그때 낚아채가는 일이 벌어진 것이다. 중요한 소지품은 허리 가방에 넣어두는 게 당연한 일이지만 카메라나 귀중품을 간혹 배낭에 넣어두기 때문에 소매치기의 표적이 되는 것이다. 옷가지로 꽉 찬 배낭이었기 때문에 그나마 다행이었지만 한동안 풀이 죽어 있었다.

보카 지구에서 카페를 그냥 지나칠 수 없다. 친절하고 부드러운 손짓으로 손님을 부르는 젊은 청년들의 눈빛을 바라보는 순간 성큼성큼 다가가게 된다. 그냥 지나쳐도 그들은 휑하니 뒤돌아서지 않으며 관광 후 꼭 오라는 마지막 유혹을 거침없이 내뱉는다. 알록달록한 빛깔만큼이나 인테리어도 시선을 끌기에 충분하다. 게다가 테이블이 빼곡히 들어차 있는 레스토랑 안에서는 무희들의 탱고를 쉽게 볼 수 있다. 테이블과 테이블 사이를 오고 가며 탱고는 무르익어갔다. 춤을 추고 있는데 담소를 나누며 음식 먹기가 미안할 정도였다. 식사를 멈추고 춤추는 그들을 바라봤다. 눈빛이 몇 번 마주쳤고 탱고가 끝나자 남자 무희가 모

자를 벗어들었다. 주섬주섬 지갑을 꺼내들 수밖에 없었다. 실컷 탱고 구경도 했고 맛있는 식사를 앞에 두고 있는데 '나 몰라라' 하기엔 너무 야박하지 않은가. 부에노스아이레스에서 가장 화려한 색깔을 지닌 것으로 꼽히는 보카 지구는 항구가 한눈에 보여 더욱 아름답다. 가난했던 주민들이 조선소에서 버려진 페인트를 주워 칠한 것이 지금의 알록달록한 빛깔을 연출하게 된 것이다. 거리에선 탱고를 항상 볼 수 있고 선물 가게도 많다. 죽 늘어선 음식점을 따라 친절하고 잘생긴 '삐끼' 들이 상냥한 미소를 건넨다. 한국어로 인사말도 곧잘 해 재미를 더한다.

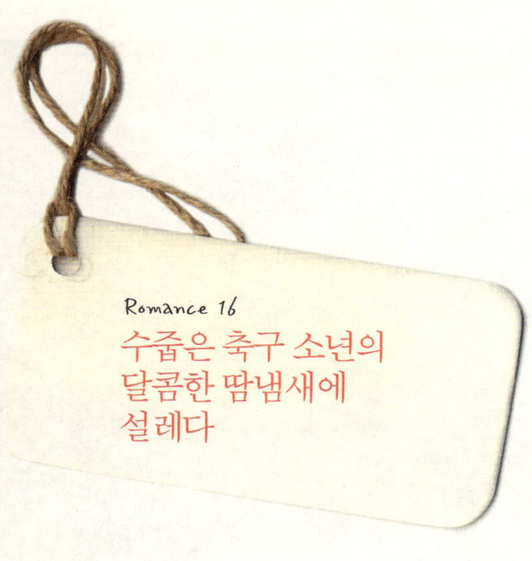

“코카콜라?”

“……?”

“코카콜라?”

“코카콜라!”

처음엔 구걸한다고 생각했다. 나보다 머리 하나는 작아 보이는 소년이 다가와 어떤 망설임도 없이 음료 이름을 외쳐대니 당황할 수밖에 없었다. 게다가 보카 지구로 들어서기 전, 지역에 대한 설명보다 소매치기에 대한 주의 사항을 더욱 유심히 들었던 터라 긴장감은 더했다. 축구를 하고 있는 소년들의 모습을 유심히 바라보던 내게 성큼 다가와 축구공을 번쩍 들어올려 시선을 맞추고는 내게 던진 도전장이었다. 지금 생각해보면 까만 눈에 숏컷을 한 동

양 여자에게 축구 내기를 걸었다는 것이 놀랄 만한 사건이지만 덕분에 누구나 축구를 즐길 수 있다는 사실을 알게 되었다. 음료 하나 걸고 축구 경기를 직접 해볼 수 있는 행운을 안게 됐다. 그것도 축구 강국 아르헨티나에서 말이다. 나는 속옷보다 더 안쪽에 배 둘레와 딱 맞게 조절한 묵직한 복대를 착용

하고 있었다. 샤워할 때마저도 가지고 들어가야 한다는 경고성 코멘트는 잊지 말아야 할 대목이다. 그럼에도 불구하고 내기 축구 시합이 열리자 무게 나갈 만한 모든 소지품을 죄다 꺼내놓고 경기에 흠뻑 빠져들었다.

언어를 배울 땐 비속어부터 터득하게 되듯이 운동경기에서는 반칙부터 튀어나온다. 소년의 옷을 잡아끌고 붙들고 축구공을 뺏기 위해 온갖 방법을 동원했다. 그럴 때마다 소년은 웃으면서 요리조리 공을 몰며 생쥐처럼 잘도 빠져나간다. 시간이 지날수록 승부에 대한 오기가 발동하고 이기고 말겠다는 경쟁심까지 생겨났다. 키도 크고 나이도 많으니 연륜에서 배어나오는 능숙한 경기를 할 수 있을 것이며 설마 소년에게 질 거란 생각은 단 한번도 하지 않았다. 점점 열기는 고조되고 경기에 뛰고 싶다는 사람이 점점 늘면서 소년들에겐 골키퍼가 필요했다. 오랜만에 뛰는 거라 이내 숨이 차올랐던 나는 결국 손을 번쩍 들어 골키퍼를 자청했다. 처음엔 다소 못 믿는 눈치로 피식 웃던 소년에게 다가가 한 팀이 됐음을 알리는 '파이팅'을 외쳤다. 나는 어느새 소년들의 문지기가 돼 있었고 그들은 보란 듯이 열정적인 경기를 펼쳤다. 관람객의 숫자가 늘어날수록 나의 수비 실력도 조금씩 늘었다. 이미 상대팀 골문 앞에서 공이 오가고 있는데 쉴 새 없이 그들의 몸놀림에 맞춰 움직이고 있는 나를 발견했다.

여행지에서의 축구 경기. 이 얼마나 매력적이고 확실한 체험 관광인가. 몇 번의 슈팅이 있었고 소년들의 득점도 이어졌다. 시간이 갈수록 소년들의 실력은 빛을 발했고 단 한 골도 넣지 못한 상대팀은 약이 바짝 올라 있었다. 그때 골키퍼인 나에게 커다란 시련이 다가왔다. 제대로 찬 상대팀의 골킥이 내 눈을 향해 날아든 것이다. 골키퍼로 나를 받아들인 뒤 소년은 검지와 중지로 브이를 만들어 공을 가리키고는 다시 두 눈을 가리켰었다. 그래, 공을 끝까지 보고 잡아야 한다. 나는 내 눈앞으로 날아든 공을 끝까지 응시했다.

"으악!"

어릴 적 만화에서 보던 장면이 떠올랐다. 하늘에 번쩍 번개가 치고 새하얀 별이 둥둥 뜨고 주인공은 비틀거린다. 그 장면에 궁금한 점이 한두 가지가 아니었다. 번개는 무엇이고 별은 왜 떠 있는 것일까. 아르헨티나에서 그 이유를 알게 되리라곤 상상도 하지 못했다. 두 눈을 질끈 감고 쓰러져 앉아 있는 데 따뜻한 땀냄새가 느껴졌다. 몸 전체를 휘감고 도는 시큼한 향내. 당황한 소년이 나를 안아주고 있었다. 분명 나는 자신의 나라에 잠시 여흥을 즐기러 온 객이었다. 소년의 당황한 심장 소리가 내 귀에까지 들리는 듯했다. 그렇게 해서 나의 골키퍼로서의 시간은 마감되었다. 게임은 끝났고 나는 부은 얼굴로 코카콜라를 사러 갔다. 엄밀히 따지면 이긴 게임이었다. 그래서 더 기쁜 마음으로 코카콜라 서너 병을 사서 경기장으로 왔다. 소년들은 여러 컵에 따라놓은 콜라 앞으로 선뜻 다가서지 않으며 무척 쑥스러워하고 있었다. 맹렬하게 경기하던 모습은 온데간데없고 미안해하는 모습이 역력했다. 컵에 찰랑찰랑 채워진 콜라를 건네자 한 모금에 털어 넣는다. 그리고 코끝을 살짝 찡그린다. 솜털이 뽀송뽀송한 소년의 얼굴엔 축구 하나로 우정을 맺었다는 만족감이 그득했다. 그제야 묻는다.

"치나?"

"……?"

"재판?"

"아하! 노우! 코리아!"

"아하! 코레아!"

국적이 곧 통성명이다. 경기도 끝이 나고 이제 떠나야 할 시간이었다. 느닷없이 시작된 축구 경기였다. 축구 강국에서 직접 축구를 해본 여행객이 몇이나 될지는 모르지만 분명 내 인생에서는 그리 많지 않은 기회 중 하나였다.

소년에게 코리아에서 온 내가 얼마나 오랫동안 기억에 남을지는 모르지만 말이다.

서로 허리 숙여 정중하게 인사를 하고 기념 촬영을 했다. 정식 축구 경기가 끝났을 때처럼 누가 시키지도 않았는데 자연스럽게 진행된 식후 행사였다. 모든 것이 끝나고 소년은 내게 조심스레 다가왔다. 말은 통하지 않지만 눈을 지그시 바라보며 괜찮냐는 신호를 보낸다. 한 번의 포옹이 이어졌다. 순간 소년의 심장 소리가 울려 퍼졌다. 경기의 여운이 여전히 남아 있는 듯 그의 심장은 빠르게 뛰고 있었고 호흡은 쉽게 잦아들지 않았다. 시큼한 땀냄새가 다시 한번 코를 자극했다. 풋풋한 소년의 향취가 느껴졌고 나는 용기를 내어 다시 한번 포옹했다. 그리고 아득하게 멀기만 했던 나의 소녀 시절로 돌아가는 꿈을 꾸고 있었다. 한 번으로 끝날 인연이라 생각하니 코끝이 찡했다. 그때 누군가 외쳤다.

"저 소년들 중에 먼 미래에 훌륭한 축구 선수가 탄생할지도 모르잖아요. 아르헨티나 소년들은 유명한 축구 선수가 되길 꿈꾸며 살거든요. 잘 기억해 두자고요. 혹시 아나요. 우리가 같이 찍은 사진 한 장이 우리의 연을 또 맺어 줄지."

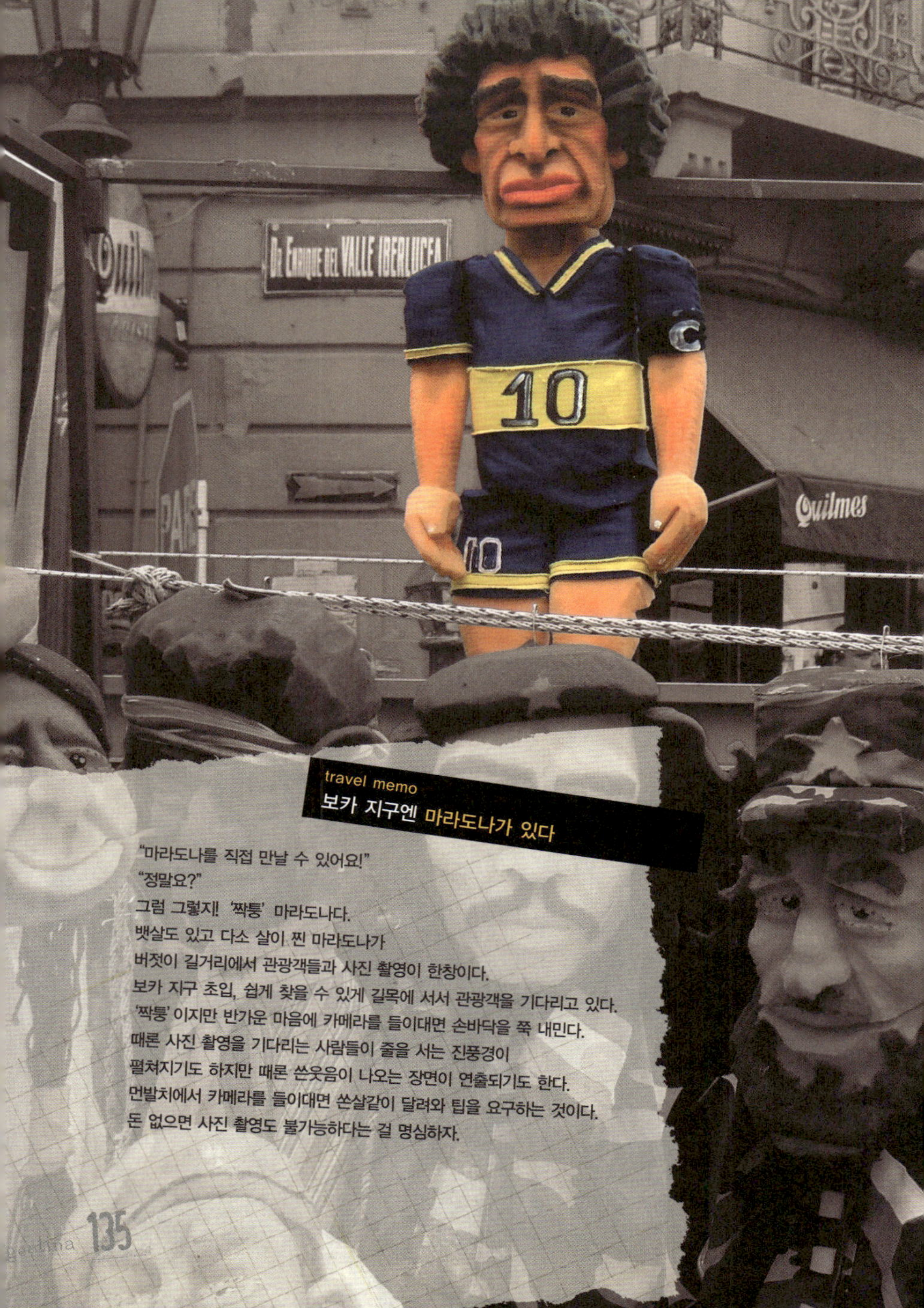

"마라도나를 직접 만날 수 있어요!"
"정말요?"
그럼 그렇지! '짝퉁' 마라도나다.
뱃살도 있고 다소 살이 찐 마라도나가
버젓이 길거리에서 관광객들과 사진 촬영이 한창이다.
보카 지구 초입, 쉽게 찾을 수 있게 길목에 서서 관광객을 기다리고 있다.
'짝퉁' 이지만 반가운 마음에 카메라를 들이대면 손바닥을 쭉 내민다.
때론 사진 촬영을 기다리는 사람들이 줄을 서는 진풍경이
펼쳐지기도 하지만 때론 쓴웃음이 나오는 장면이 연출되기도 한다.
먼발치에서 카메라를 들이대면 쏜살같이 달려와 팁을 요구하는 것이다.
돈 없으면 사진 촬영도 불가능하다는 걸 명심하자.

Romance 17

무소의 뿔처럼
혼자서 가라

"이번 여행의 화두는 뭐니?"

"화두요? 삶의 화두는 항상 '나' 자신이죠. 뭐."

"그럼, 이번 여행에서 '나'에 대한 어떤 부분의 고리를 풀고 싶은 거니?"

"눈물 쏙 빠지게 고생하고 싶어요."

동행자인 나도 눈물 쏙 빠지게 고생하게 생겼다. 엄연히 '배낭여행'이란 타이틀을 달고 출발한 여행길인데 바퀴가 달린 여행 가방을 끌고 나타난 녀석이었다. 보도블록을 지날 때마다 드르륵드르륵 바퀴 굴러가는 소리가 뒤꽁무니를 잡아당기는 듯했다. 느린 걸음은 여행용 가방을 더욱 무겁게 했다. 게다가 아무리 있는 힘껏 돌돌 말아도 그 부피가 가방 절반은 훌쩍 넘을 크기의 침낭을 여행 가방에 턱 하니 올려놨다. 한 손에 거머쥘 정도의 얇은 오리털 침낭을 들고 오는 센스마저도 없었다. 스물아홉 나이가 믿기지 않을 정도

로 어려 보이는 외모에 안쓰러운 마음마저 들게 하는 체구를 가진 그에게 호
기심이 생긴 건 그 여행 가방과 커다란 침낭 때문이었다.

　말문을 쉽게 열지 않을 것처럼 보이던 그가 입을 열기 시작한 건 얼마 지나
지 않아서였다. 유스호스텔 카페테리아에 앉아 늦은 저녁 시간을 보낼 때였
다. 시차 적응은 어렵지 않았지만 잠을 이룰 수 없었다. 맥주 한 병을 앞에 두
고 앉아 있는데 다른 사람들도 하나둘 모이기 시작했다. 그때 그도 있었다.
조용히 술을 마시던 그가 말문을 열었다.

　"나이 들면서 할 말이 없어지는 거 아시나요? 말할 소재가 없는 거죠. 다들
자신의 일에 대해 가슴속에 품고 있는 열정을 토해내기 바빠요. 그런 모임에
나가면 전 할 말이 더 없어지더라고요. 저만 학창 시절 추억 속의 그 사람으
로 머물러 있다는 느낌이 들면서 말이지요. 정말로 다들 잘나가거든요. 나만
동떨어져 있는 듯한 느낌 아세요?"

　순간 술이 확 깼다. 뒤처져 있다는 느낌을 나도 안다. 그리고 아무리 위안
을 하려 해도 앞서 나가지 못하는 현실이 괴롭기만 했던 적도 있었다. 동조를
구하는 그의 눈빛이 나와 마주쳤고 그때의 기억을 되살리며 내가 답했다.

　"쓰지."

　"그래서 이 상황을 좀 더 처절하게 이겨내고 싶어요."

　눈물 쏙 빠지게 고생하고 싶다는 말이 그냥 한 소리가 아니었다. 사고의 틀
에서 벗어나 강해지고 싶다는 바람을 우회적으로 표현했던 것이다. 차가운
외모에 날카로운 눈매까지 겹쳐져 쉽게 다가서지 못할 분위기였다. 미소마
저 없었다면 여행 내내 말 한번 건네지 않았을 것이다. 게다가 여행 온 행색
이 여느 친구들과는 달라서 과연 몇 번이나 그와 대화를 나눌 수 있을까 하고

오해했었다. 고백성사를 하듯 내뱉는 말들 속에서 그에 대한 호기심은 점점 더 증폭되고 있었다.

"시기와 질투! 그것이 없다면 발전도 없어. 그 대신 겉으로 드러내지 말고 그들에게 다가서기 위해 오히려 많은 것을 베풀어봐. 운명을 이겨낼 힘을 그 속에서 얻을 수 있지 않을까."

고작 내가 해줄 수 있는 대답은 그것뿐이었다. 대답을 원했던 것도 아니었는데 해주고 싶었다. 하지만 나도 안다. 해줄 수 있는 답이 없다는 사실을. 인생의 답을 아는 이가 몇이나 있던가.

여행이 좋은 건 수많은 유적지와 관광지를 감상할 수 있어서뿐만이 아니라 대화를 나눌 수 있는 동행자를 만날 수 있어서다. 허심탄회하게 나누는 대화 속에서 답을 주기도 하고 얻기도 한다. 그리고 그 속에서 성장통을 앓게 된다.

여행 가방을 끌고 다니던 그의 여행길은 그리 길지 않았다. 플라자 도레고에 장이 서던 날, 장터에 꾸부정하게 앉아 있는 그를 발견했다. 그 앞에는 여행 가방이 놓여 있고 가격표가 당당히 붙어 있었다. 각자 개인적인 시간을 보낸 뒤 밤이 돼서야 그를 만날 수 있었다. 그의 손에는 여전히 팔지 못한 여행 가방이 매달려 있었다. 몇 번의 흥정이 있었는지는 묻지 않았다. 팔지 못한 게 분명하니까. 며칠이 지나고 나서 달라진 그의 모습을 한참 쳐다봤다. 변한 건 배낭이었다. 여행 가방은 사라지고 등짝에 커다란 배낭이 매달려 있었다. 결국엔 숙소에서 일하는 일꾼에게 선물로 건넸다는 이야기를 들을 수 있었다.

여행이 끝나갈 무렵, 그는 신고 있던 하얀 나이키 운동화도 숙소에 두고 나왔다. 생각해보니 그는 현지에서 보온을 위해, 그 나라의 분위기를 느끼기 위해 구입했던 옷가지들도 주변인들에게 나눠주었었다. 지금 내게도 그가 건

넨 노란색 니트 망토가 있다. 많은 것을 베풀어보라던 나의 충고를 받아들인
건 아니겠지만 자기만의 해법을 이행하듯 그는 여행 마지막 날, 값비싼 나이
키 운동화를 버렸다. 여행 내내 채웠던 모든 사연을 훌훌 벗어던진 양. 채우
기는 어렵고 비우기는 더더욱 어렵다는데 거뜬히 해낸 것이다. 양말에 슬리
퍼를 신고 나와서는 해맑게 웃는 모습이 홀가분해 보였다. 그만의 독특한 행
동은 여기에서 멈추지 않았다. 그는 일정을 앞당겨 먼저 이별을 했다. 만남부
터 이별까지 꽉 채울 인연은 아니었나 보다.

　귀국 후 얼마 지나지 않아 메일이 한 통 날아들었다. 그가 보낸 것이었다.
내용을 읽다 말고 웃음이 터졌다. 분명 눈시울은 붉어졌는데도 말이다. 이별
후 홀로 비행기 안에서 주위 시선은 아랑곳하지 않고 펑펑 울었다는 내용이
었다. 여행을 함께한 이들의 얼굴을 생각하고 그들과 나눴던 이야기를 떠올
리며 함께 지낸 시간들을 되새기다 보니 어느새 하염없이 눈물이 흘렀다고
했다. 참으면 참을수록 주체할 수 없는 눈물이 마구 흘러 그냥 놔버렸다는 것
이었다. 속내를 완전히 드러낸 건 아니었지만 세상 살아가는 힘을 조금은 얻
은 것 같은 뉘앙스가 풍겼다.

　"눈물 쏙 빠지게 고생하고 싶다더니, 눈물은 쏙 빠지게 흘렸구먼."

　언젠가 다시 만난다면 그에게 꼭 해주고 싶은 말이 있다.

　"뭇짐승의 왕인 사자가 다른 짐승을 제압하듯이 궁벽한 곳에 거처를 마련
하고 무소의 뿔처럼 혼자서 가라."고.

세계 강국이었던 나라,
아르헨티나

1987년으로 기억한다. 중학교 단짝 친구의 충격적인 고백을 듣게 됐다.

"나 아르헨티나로 이민 갈 것 같아."

"아르헨티나?"

아르헨티나란 나라가 어디에 붙어 있는지도 퍼뜩 떠오르지 않았다. 미국, 프랑스, 영국도 어디 있는지 알 둥 말 둥. 머릿속에 세계 지도를 펼쳐놓고 아르헨티나를 찾았다.

"그게 어디 있는 나라야?"

"미국 밑에 있어."

"그곳에 가면 열심히 일만 해도 잘살 수 있다고 아빠가 그랬어."

"학교는?"

"그곳으로 전학 가는 거지."

"영어는 잘하게 되겠네?"

"그 나라는 영어 안 써. 스페인어 쓴대."

'스페인어를 쓴다니. 모국어도 없는 나라에 간다는 말이군.'

혼잣말처럼 중얼거렸다. 영어를 잘해야 공부 잘하는 축에 속하는데 스페인어는 해서 뭐 한다는 것인지 도무지 이해가 안 갔다. 무엇보다 단짝 친구와의 이별을 쉽게 받아들일 수 없었다. 요즘이야 학업을 위해 이민을 떠나는 사람들이 많지만 그때까지만 해도 이민은 드문 일이었다. 그것도 미국이나 캐나다가 아닌 아르헨티나로 떠난다는 친구는 처음이었다. 그 말이 있은 뒤 얼마 지나지 않아 단짝 친구는 떠났고 난 한동안 몸살을 앓았던 것으로 기억한다. 그것이 아르헨티나에 대한 직접적인 경험의 시작이었다.

그리고 20여 년이 흘러 아르헨티나로 여행을 떠난다는 말을 꺼냈을 때 엄마는 의외의 사건 하나를 끄집어내셨다.

"몇 년이나 됐을까. 한 20년은 넘은 것 같은데 말이야. 우리 아르헨티나로 이민 가려고 했었잖아. 엄마 친구 두 가족과 함께 어울려서 가려고 했었지. 근데 그중 한 가족에게 문제가 생겨서 못 가게 됐는데……. 기억나니? 수정이 넌 무척 가기 싫어했지. 친구들하고 어떻게 헤어지냐면서 울었잖아. 결국은 못 가게 돼서 널 달래는 게 그리 힘들지 않았지만 말이다."

순간 가물가물하게 실타래처럼 엉켜 있던 기억들이 하나둘 자리를 잡았다.

"이름이 정확하게 기억나지 않는데, 내 단짝 친구 있잖아, 그 친구가 아르헨티나로 이민 간 거 아니었나? 이민 가려던 게 우리였단 말이야?"

　단짝 친구가 이민을 갔다는 이야기는 못 들었다는 엄마의 말에 당황스러웠다. 그렇다면 나의 기억 속에 남아 있는 아르헨티나는 무엇이었나. 그러고 보니 단짝 친구라는 것 이외에는 그녀에 대한 어떤 기억도 명확하지 않다. 하물며 얼굴마저도. 곰곰이 따져서 생각해보지 않았던 것도 이상하다. 도무지 기억 자체의 진실성은 어디까지인가. 어린 시절의 충격적인 사건이 이렇게 엉뚱하게도 기억될 수 있다는 게 믿기지 않았다. 아르헨티나로 가면 영어가 아닌 스페인어를 공부해야 하고, 아빠와 함께 가족 모두가 일해야 한다는 단짝 친구의 말이 아직도 생생한데, 그 모든 일이 사실
은 단짝 친구가 아닌 내게 벌어졌었다는
　　　사실이 지금도 믿기지 않는다.

CARPINTERIA
TRABAJOS EN GENERAL
GIMNASIO
PHOTO
MOVIES
LABORATORIO
FOTOGRÁFICO DIGITAL
FOTOS EN PAPEL:
CD
TARJETAS
NEGATIVOS
FOTOS EN CD A:
PAPEL
MEMORIAS
NEGATIVOS
FOTOS CARNET
RESTAURACIONES
ALQUILER
DVD
Carnet
LAVADERO
146

기억 저편에 그리 밝은 이미지로 남아 있지 않던 나라, 단짝 친구를 앗아간 나라로만 기억했던 그곳이 내 삶의 터전이 될 뻔했다는 사실은 충격적이었다.

"그땐 아르헨티나로 이민 가는 사람들이 간혹 있었지. 경제 호황을 누리던 경제 대국이었거든. 그런데 1980년대를 넘어서면서 이민을 못 간 게 잘된 일로 여겨질 만큼 군사 쿠데타로 불안과 파업이 거듭됐지."

못 미더워하는 나를 향해 아빠도 한 수 거드셨다. 여행하기엔 위험할 거란 말도 강하게 덧붙이셨다. 그런데 여행을 다녀온 후 아르헨티나에 대해 향수마저 느껴지니……. 위험? 그런 건 생각할 겨를도 없이 낭만적인 것들로 가득했다. 겉모습만 훑고 지나간 여행이라서 그렇다고 말할 수도 있지만 여행이란 게 그런 거 아니던가. 짧은 배낭여행 끝에 어린 시절 아르헨티나로 이민을 갔더라도 정말 좋았을 거란 결론을 20년 만에 과감하게 내릴 수 있었다.

LATiN ROMANCE
ARGENTINA
ROMANO
DIST
METI
UN SE
AV.

" CONOZCA LA DIFERENCIA "
IBUIDOR
OPOLIT
RENAL
AL - TE

Coca-Cola
Filiberto
CAFE BAR
Bienvenidos a la Republica de La Boca
Welcome to the Republic of La Boca
CAFE BAR
DRINKS
Filiberto
BEER SHOP
Filibe

Coca-Cola
Filiberto
CAFÉ · BAR
CAFÉ
Fili
CAFE-BAR
Filiberto
LICUADOS
MILKSHAKE
VITAMINA
BANANA
DURAZNO
FRUTILLA
ANANA
Quilmes
TANGO
FAHEY
EMPA
ENSALA
VEGETA
S
VEGETA
CA
POLL
VEGETAL
QUE
JAM
VIN
CERV
C
TOM
A
HELADO

제3장 페루와의 로맨스

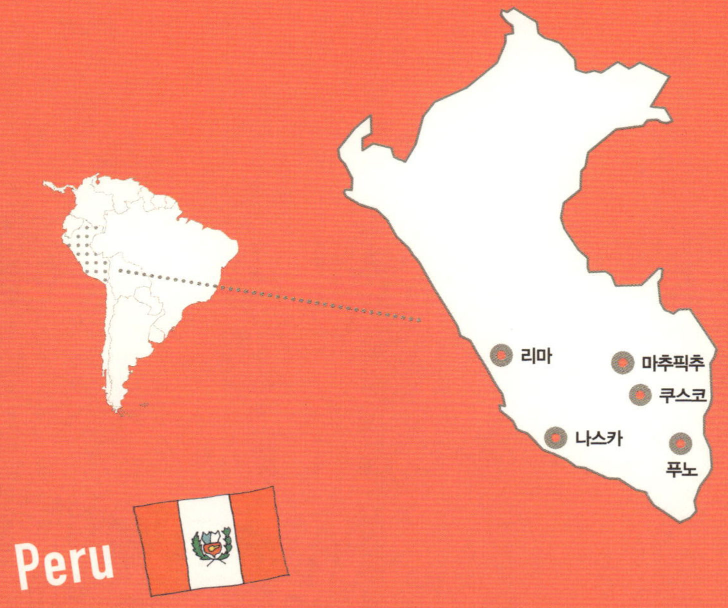

페루의 면적은 한국의 약 13배다. 수도는 리마이며 언어는 스페인어를 사용하지만
티티카카 호수 주변은 아이마라어를, 산악 지대 인디오는 케추아어를 사용한다.
통화 단위는 솔(sol)이다. 인종은 인디오 52퍼센트,
원주민과 스페인인의 혼혈인 메스티소 32퍼센트, 유럽계 12퍼센트로 구성된다.
국민의 95퍼센트가 가톨릭교를 믿으며 케추아족 중에는
토착 종교를 신봉하는 사람이 남아 있다. 국기는 세 부분으로 나뉜다.
오른쪽에는 흰색의 키나나무, 왼쪽에는 비쿠냐, 아래쪽에는 금화가 그려져 있다.
국가의 풍부한 자원과 자연을 상징한다.
페루의 영토는 태평양 연안과 아마존 지역, 안데스 산지로 이루어져 있다.

쿠스코와 푸노는 해발 3600미터가 넘는 고산지대라 산소는 희박하고 기압은 낮아
외지인은 두통과 현기증, 심한 경우엔 구토와 불면증에 시달리게 된다.
건강 상태와는 상관없이 누구나 말이다.
페루의 역사는 원시시대로 거슬러 올라가며 기원전 2만 년에서 기원전 1000년까지
안데스 산지를 중심으로 몽골계 원주민이 거주했다고 한다.
수세기에 걸쳐 다양한 문화를 이루었으며 15세기에 이르러 잉카문명이 탄생했다.
전성기에는 콜롬비아부터 칠레에 이르는 너른 영토를 다스리기도 했다.
1532년 스페인의 피사로에게 정복된 후 약 300년 동안 식민 지배를 받았다.
1821년 아르헨티나의 산 마르틴 장군이 리마로 와서 페루의 독립을 선포했다.

쫀득쫀득한 고기와
차디찬 쿠스퀘냐

"고기! 맥주!"

응원 구호처럼 고기와 맥주를 외쳤다. 매일매일 여행지에서와 같은 일상이면 얼마나 좋을까 생각하면서. 여행은 돈 잘 쓸 궁리만 하면 되지 않나. 행복에 겨운 기지개를 한껏 켜고는 따뜻한 물에 가볍게 샤워를 한다. 해질녘이면 서둘러 인근의 바에 들어선다. 테이블로 인도하는 웨이터의 등에다 대고 다짜고짜 주문부터 한다.

"쿠스퀘냐!"

매번 이럴 때마다 웨이터들은 함박웃음을 짓는다. 쿠스퀘냐의 맛에 흠뻑 빠진 관광객을 이해하고도 남는다는 동감의 의미다. 쿠스퀘냐는 페루산 맥주 이름이다. 우리로 따지면 외국인이 테이블에 앉기도 전에 "하이트!"라고 외친 꼴이다. 그리고 주문한 음식이 나오기 전에 리듬에 맞춰 "고기! 맥주!"

를 흥얼거렸다. 웨이터가 가져온 쿠스케냐를 가리키며 다시 한번 한국말로 "맥주!"라 지칭한다. 단숨에 들이켜고는 빈 병을 들어올리며 웨이터를 향해 크게 한국말로 외친다.

"맥주!"

다음 날 또다시 방문한 나를 향해 그는 한국 발음을 어설프게 흉내 내며 외친다.

"맥주!"

여행 내내 한국어를 알려주는 재미도 쏠쏠했다. 간단하고 암기하기 쉬운 단어들은 그들이 나서서 배우려고 한다. 그럴 때면 리듬을 타면서 한국말로 외친다.

"고기! 맥주!"

페루의 첫 여행지인 리마에서부터 살이 오르기 시작했다. 페루를 제외한 다른 나라의 음식이 우리 입맛에 맞지 않는다는 말은 절대 아니다. 느끼하면서도 매콤한 라틴아메리카의 음식은 신기하게도 우리네 입맛에 제격이다. 특히 페루 음식은 우리 것과 흡사하다. 해안 도시인 리마에서 해산물 요리를 시켰을 때는 감동의 물결마저 밀려왔다. 환율 차이로 인해 현지에선 꽤 비싼 요리도 기분 좋게 주문하는 여유도 부렸다. 머나먼 나라까지 여행하면서 싸구려 음식만 먹을 순 없지 않을까. 때론 현지인들도 큰 결심을 해야 주문할 수 있는 고급 요리를 먹어봐야 한다고 생각한다. 그 먼 곳까지 가서 골고루 경험해봐야 하지 않나. 그럴 땐 아껴뒀던 지갑을 화끈하게 열어버린다. 지글지글한 철판에 싱싱한 해산물이 매콤한 소스에 가득 담겨 나왔다. 한낮이었음에도 알코올을 생각나게 하는 완벽한 요리였다. 이럴 때면 또다시 외친다.

"쿠스꿰냐!"

쿠스꿰냐를 들고 온 웨이터에게 한국어로 말한다.

"맥주!"

라틴아메리카 여행 중엔 너른 들판을 자주 보게 된다. 끝이 보이지 않을 정도로 너른 지평선 사이사이로 하나둘씩 꿈틀대는 작은 점들이 눈에 띈다. 이동 중에 발견하는 경우가 대부분이어서 자세히 뚫어져라 쳐다보지 않으면 그 정체를 밝혀내기 쉽지 않다. 그러다 누군가의 입에서 나온 외마디.

"소? 소네!"

풀을 뜯어먹는 소란 걸 뒤늦게 알게 됐다. 좁디좁은 외양간에 엄마 소와 아기 소가 살던 외가댁이 생각났다. 10년 전, 육회를 좋아하던 내게 외숙모가 조심스레 귀띔을 했다. 육회는 될 수 있으면 먹지 말라고. 너른 들판에서 뛰어놀며 좋은 환경에서 자라야 육질이 건강하고 탄력 있는데 그렇지 못하다고 했다. 그런데 넓은 땅덩어리에 점점이 박힌 소떼를 본 것이다. 소들 사이로 빠르게 움직이는 건 하얀 말을 타고 소들을 모는 목동이었다. 한동안 멀리했던 육회의 달콤한 기억이 되살아났다. 그날 일정을 마친 나는 참을 수 없는 유혹을 안고 밖으로 허겁지겁 뛰쳐나와 곧바로 레스토랑으로 달려갔다. 이미 저녁 메뉴는 정해놓은 상태였다. 종업원이 다소곳이 다가왔다. 들고 온 메뉴판을 테이블에 놓자마자 나는 스테이크를 찾았다. 그리고 가장 비싼 첫 번째 메뉴를 손끝으로 가리키며 종업원과 눈을 마주쳤다.

"웰(well)……."

내 입 안에서 성급하게 맴도는 한마디, 웰던(well-done)! 사정을 모르는 종

업원은 물끄러미 쳐다본다. 다시 한번 침착하게 주문을 했다.

"레어(rare)! 노. 노. 노. 미디엄 레어(medium-rare)."

걱정된 마음에 연이어 설명했다.

"미디엄 레어! 고기 덜 익혀서!"

불쑥 한국말이 튀어나왔고 이상한 발음을 듣자 웨이터의 눈이 휘둥그레진다. 순간 테이블을 덮고 있는 붉은색 벨벳 테이블보가 눈에 들어왔다. 다시 한번 테이블보를 살짝 들고는 말을 이었다.

"미디엄 레어!"

가방 안에는 붉은색 펜이 들어 있었다. 테이블보를 발견하지 못했다면 그 펜이라도 꺼내들 요량이었다. 여행을 떠나기 전에 주문 정도는 할 수 있을 만큼 그 나라의 언어를 공부해야 하는 것 아니냐고 묻는다면 할 말이 없다. 다만 언어가 전혀 통하지 않는 것도 재미있는 경험이 될 수 있다는 변명 아닌 변명을 늘어놓고 싶다. 단, 나처럼 엉뚱한 적극성을 안고 사는 사람에게는. 포켓북이라도 들고 왔어야 하는 것 아니냐고 재차 반문한다면 배낭 깊숙이 넣어왔지만 항상 들고 다닐 수는 없는 것 아니냐고 또 변명을 늘어놓을 참이다. 항상 준비된 일만 벌어지는 건 아니라고 말이다.

얼마 지나지 않아 두툼하고 먹음직스러운 스테이크가 나왔다. 나이프로 한쪽 귀퉁이를 자르자 벌건 핏물이 흘러나왔다. 코끝을 자극해오는 풍성한 고기 냄새로 절로 입 안에 침이 고인다. 생선회와는 비교가 안 될, 부드러운 육질이 입 안 가득 느껴진다. 잘근잘근 씹으려는 나와 튕겨내려는 육질 사이에 팽팽한 갈등이 시작됐다. 그 옛날, 질 좋은 한우를 육회로 먹던 그 기분 그대로였다. 환상적인 스테이크의 맛은 라틴아메리카 여행을 다녀온 이라면 누구나 한 번쯤 꺼내드는 소재다. 지금도 그때만 생각하면 입 안에 침이 고인다.

부드럽게 살아 있는 육질로 화들짝 놀란 사건이 또 있었다. 그건 조금은 다른 성격의 충격이었다. 이른 아침, 피곤으로 입 안은 까칠까칠한 돌을 씹은 듯 메말라 있었다. 그렇다고 식사를 건너뛰면 금세 기력이 바닥날 것 같아 음료 한 잔으로 끼니를 때우려는데 작은 햄버거 집 간판이 눈에 띄었다. 그래서 음료와 함께 햄버거를 주문했더니 생각보다 큰 햄버거가 나왔다. 먹을까 말까 망설이다가 음료로 살짝 입 안을 적신 후 햄버거를 한 입 베어 물었다. 뒤끝이 묘했다. 비릿한 맛이 입 안을 감돌았다. 잠이 덜 깬 눈을 비비며 햄버거를 관찰했다. 꺅! 익숙한 햄버거의 속살이 아니었다. 야채에 붉은 핏기가 묻어나 있었다. 아무리 살아 숨 쉬는 육질을 좋아한다고 해도 아침부터 피 맛을 보고 싶지는 않았다.

"햄버거까지는 안 그래도 되는데……."

그래도 고기의 육질하면 단연 라틴아메리카다.

여행 전부터 이미 마음은 그곳에 가 있었다. 그래서 여행을 하다 보면 더욱더 현지의 전통문화와 그들의 투박한 삶을 경험하고픈 생각이 간절해지는 것이다. "사진 속에서 보던 장면이네", "책에서 읽었던 거리다" 등등 상상과 현실의 교차점에서 흥분과 감동은 배가 되곤 한다. 그렇게 하루가 가고 이틀이 가고 시간이 흐를수록 마음으로는 여전히 현지인들의 문화에 녹아들고 싶다는, 여기까지 왔으니 그들의 호흡을 함께 느껴야 한다는 굳은 결심에는 변화가 없지만 어느새 녹초가 된 육신

을 발견하곤 문득 편안하고 안락한 집을 그리워하게 된다. 리마는 남미 여행 중에 만난 '집'과 같은 도시였다. 물론 리마 아르마스 광장을 방문하던 그날, 시위 군중을 통제하던 경찰들의 보호를 받으며 광장에 들어가는 '특권'을 누린 덕분이기도 하지만 말이다. 유럽에 와 있는 듯한 느낌을 주는 광장 벤치에 앉아 여행으로 잠시 지쳤던 심신을 달랠 수도 있었고 해안에 자리 잡은 레스토랑에서 입에 쫙쫙 달라붙는 해산물 요리를 먹으며 여유를 부릴 수도 있었던 곳, 리마는 그런 곳이었다.

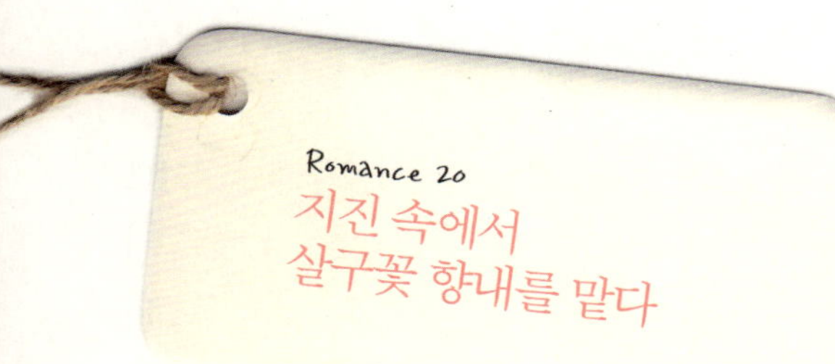

그건 현실이 아닌 몽상처럼 남아 있다. 샤워를 막 끝냈을 때 갑자기 정신이 혼미해짐을 느꼈다. 그것이 지진임을 깨닫기까지 몇 초 동안 상황을 분석하기 위해 모든 감각이 동원됐다. 분명 내 몸이 흔들리기 전에 바닥이 널뛰듯 움직이고 있었다. 여기저기서 비명 소리가 들리고 순간 꿈인 듯 아득하기만 했다. 호텔 앞마당에 있는 수영장에선 느닷없이 폭풍우가 인듯 높은 파도가 일렁였다. 생전 처음 경험해보는 지진이었다. 온 세상이 흔들렸고 사물들은 실루엣으로만 보였다. 정전이 됐기 때문이었다. 건물은 엿가락처럼 휜 채 주체할 수 없이 흐느적거렸다. 살기 위한 몸부림은 그때부터였다. 모든 감각을 총동원해 살길을 뚫어야 했다. 그 순간엔 더더욱 혼자이기 싫었던 것 같다. 그래서 소리 높여 외쳤다.

"언니!"

이성 간에도 첫 설렘이 있듯이 동성 간에도 호감이란 게 있다. 그녀와는 처음부터 마음이 통할 것 같다는 느낌이 들었고 여정이 계속되면서 서서히 친해졌었다. 그리고 그 긴박한 순간에 나는 그녀를 찾았다.

"언니!"

사람들의 비명 소리로 귀가 멍멍해진 채 공포감에 휩싸여 우두커니 앉아만 있었다. 게다가 정전으로 앞이 보이지 않아 두려움은 극에 달했다. 몇 초나 흘렀을까. 내 두 손을 감싸 쥐는 손길이 느껴졌다.

"괜찮니? 빨리 밖으로 나가자."

세 살 많은 그녀다. 순간 엄마가 그리웠다. 지진이 맞느냐는 질문만 계속했던 것 같다. 꽤 긴 시간, 여진이 우리를 괴롭혔다. 그때도 그런 생각이 들었지만 늦은 밤에 시작된 지진이, 그로 인해 정전이 돼버려 눈의 감각을 멈춰버리게 한 그 상황이 고맙기만 하다. 그렇지 않았다면 그 처참한 현장을 고스란히 기억할 수밖에 없었을 테니까.

지진이 멈추고 인원을 체크하는 소리가 들렸다. 사람들은 모여들었고 서로가 서로를 안아주고 있었다. 여행지에서 만난 이들은 서로를 위로해주었고 따뜻한 체온으로 감싸주었다. 그 체온으로 인해 난 살아 있음을 다시 느끼고 있었다. 살았다는 안도감이 강하게 엄습해왔다. 그리고 나는 단 한번 본적도 없는, 눈길 한번 주고받은 적 없는 그 누군가의 품에 한참을 서 있었다. 그리고 불쑥 뜨거운 무엇인가가 치밀어 올라왔다.

'사랑을 하고 싶다.'

호텔 안으로는 어느 누구도 들어가려 하지 않았다. 밤을 지새워야 하는데 건물은 더 이상 안전하지 않았다. 급하게 짐을 꾸려 침낭을 들고 건물 밖으로

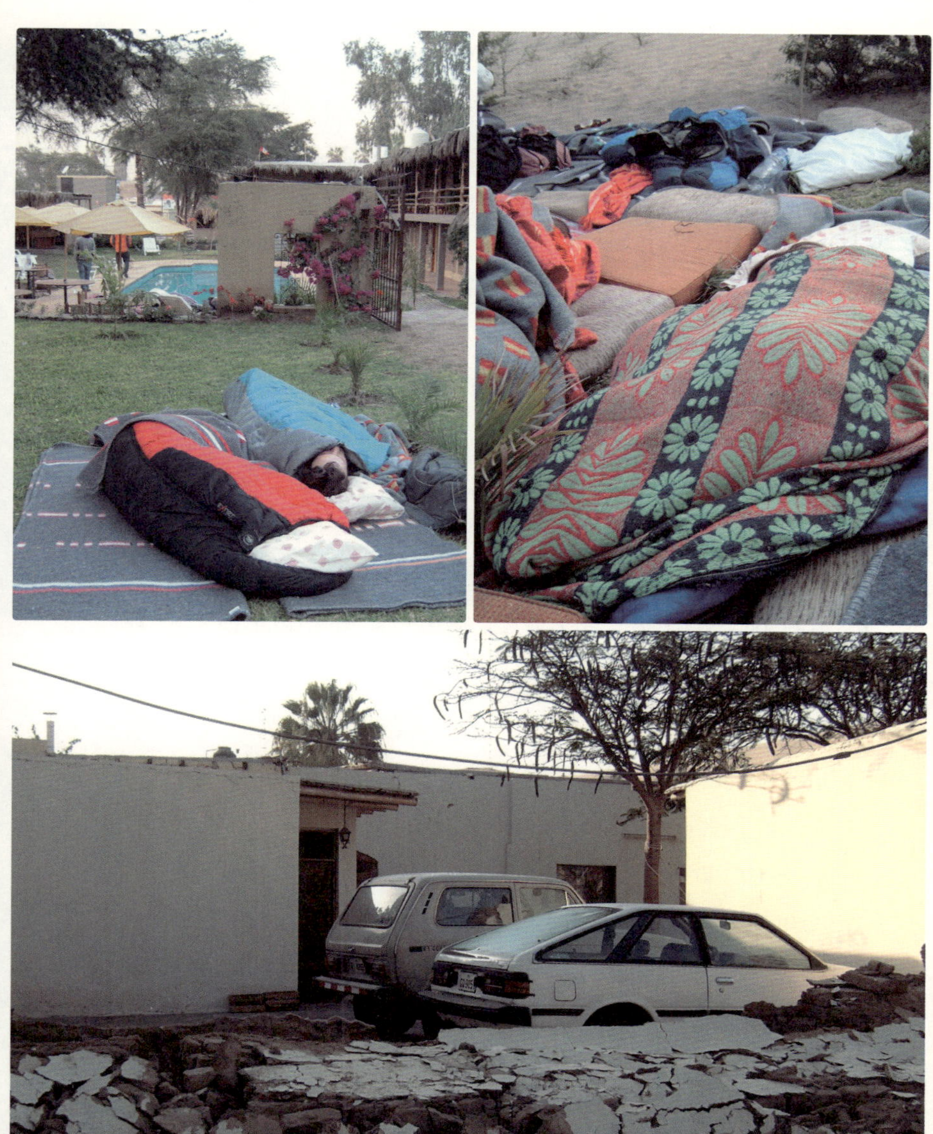

나왔다. 폭신폭신한 모래 땅에 침낭을 펴고 그 어느 때보다 기나긴 시간을 보내야 했다. 추위를 이기기 위해 모닥불을 피우고 옹기종기 모였다. 낭만의 상징인 모닥불이 어쩌면 살기 위한, 공포에서 벗어나기 위한 도구에 불과했을 태곳적 그 시절로 돌아간 느낌이었다. 시간이 지날수록 사람들도 안정을 되찾고 있었다. 여행지에서 만난 공포감은 오히려 빨리 잊히나 보다. 어디선가 감탄 어린 소리가 들려왔던 것이다.

"하늘의 별 좀 봐. 어쩌면 저렇게 아름다울까."

정말이었다. 하늘 가득 별이 빼곡히 들어차 있어서 흔히 표현하는 말 그 이상의 어떠한 표현도 찾을 수 없었다.

"금방이라도 쏟아질 듯 아름답다."

내 눈앞에 내려앉아 있는 별을 보면서 잠시 그리운 이들의 얼굴을 떠올렸다. 극한 상황에서 떠오르는 감정은 극한 형태를 띤다. 별에 대한 환상으로 인해 지진에 대한 기억이 희석됐을지도 모를 일이다.

모닥불 주위에 침낭을 깔고 잠을 청하며 밤을 보냈다. 극도의 긴장에서 서서히 벗어나면서 온몸은 잠으로 휩싸였다. 별과 마주 보고 누워 나는 생각했다. 미래엔 행복한 날들만 가득하게 해달라고.

서서히 날이 밝자 잠에서 깨는 이들이 하나둘 늘었다. 환하게 해가 뜨면서 어젯밤의 비참한 현실이 드러났다. 수영장은 거의 바닥을 드러냈고 호텔 벽면에 걸려 있던 장식들은 깨져 나뒹굴고 있었다. 호텔 밖으로 나간 나는 내 눈을 의심할 수밖에 없었다. 몇 군데 호텔을 제외하고는 건물마다 벽이 무너지고 천장이 내려앉아 참혹했다. 전기도, 전화도, 도로도 모두 끊겨 상황의 심각성을 드러내고 있었다. 유일하게 전화가 되는 공중전화에는 길게 줄이 늘어섰다. 그때 한국말이 들려왔다.

"강도 7.9였대요. 한국 뉴스에도 나왔다는데요. 페루 전체가 지진으로 난리가 났답니다."

공중전화 앞에 늘어선 줄에 나도 서 있었다. 그 순간 두 손 모아 기도하고 있을 가족을 생각했다.

빨리 이곳을 벗어나야 했다. 교통수단이라곤 눈 씻고 찾아봐도 없었다. 하지만 저 멀리서 먼지를 뿜으며 택시들이 날 듯이 달려오고 있었다. 그 긴박한 순간에도 사람들을 구해내기 위해 목숨 걸고 달려온 택시 기사가 있었다. 고마운 마음에 덥석 손을 잡았다. 그가 내 마음을 알아챈 듯 환한 미소를 건네줬다. 하지만 그도 눈빛만큼은 긴장감이 가득했다. 시동이 걸리고 어느 정도 흘렀을까. 채 10분도 지나지 않았을 순간부터는 기억에 없다. 깊은 잠에 빠져 들고 말았던 것이다.

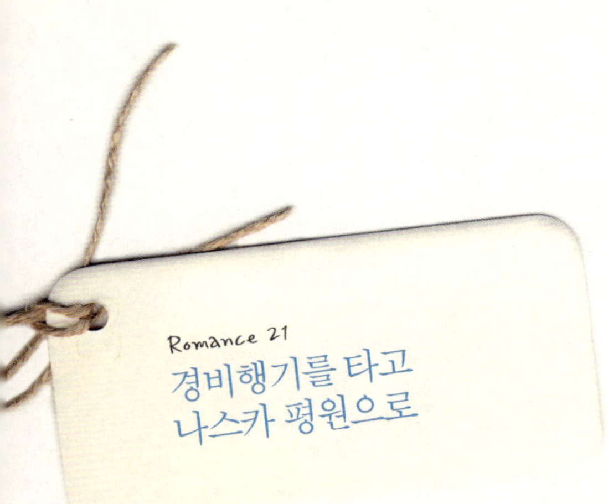

외관상 다소 미덥지 못한 경비행기가 보였다. 비행 중에 문제는 발생하지 않을까란 의구심이 들 정도의 소형 경비행기였다. 베일에 싸여 여전히 미스터리로 남아 있는 나스카 문양을 직접 눈으로 확인하러 가는 뜻 깊은 날임에도 불구하고 소심한 마음에 불안감이 덜컥 앞섰다. 경비행기를 구경하고 있는데 한 남자가 다가왔다. 한눈에 봐도 '훈남'이다. 게다가 영어 실력까지 뛰어난 것이 아닌가. 알아들을 수 없는 스페인어만 들은 지 열흘 만에 영어를 듣게 되자 반가운 마음에 환한 미소를 보냈다. 한국어가 통용되고 있다는 착각이 들 정도의 편안함이랄까. 과장된 반가움이었다. 이름은 프랭크, 나이는 스물셋. 성큼성큼 조종석에 앉는 그의 곁으로 다가가 옆자리를 차지했다. 누구보다 먼저 나스카 문양을 보고 싶다는 욕심에 그랬지만 '훈남'과 나란히 앉고 싶은 마음도 컸다. 그가 안전벨트를 따뜻한 손길로 직접 확인해준 덕분

에 어느새 불안감은 눈 녹듯이 사라져버렸다. 나스카 문양을 만날 생각에 마음까지 경건해졌다. 인간이 그렸다고 하기엔 너무나 거대한 그림이 펼쳐져 있어 미스터리라는 수식어가 붙는 나스카 문양. 그것을 만나러 출발이다. 비행기는 길게 쫙 뻗은 활주로를 질주하더니 엔진의 과열음에 맞춰 덜컹거리는 것도 잠시, 드디어 이륙이다. 눈앞에 사막 지역인 나스카 평원이 펼쳐졌다. 연한 갈색과 진한 흑색이 군데군데 널려 있는 사막 지역이다. 그리 높지 않을 것 같은 구릉지도 보이고 저 멀리 트럭 한 대가 개미만 한 크기로 지나간다. 꽤 많이 올라간 듯싶더니 헤드폰으로 '훈남' 프랭크의 목소리가 들려왔다. 엔진 소리에 정확한 내용을 파악할 수 없었지만 전반적인 설명을 하는 듯했다. 그리고 잠시 목표 지점을 찾아 날다 조종간을 약간 기울인다. 경비행기는 프랭크 쪽으로 기울었고 그가 낮게 깔린 저음으로 외쳤다.

"몽키!"

조종간을 잡고 있는 그 너머로 시선을 돌렸다. 아무것도 보이지 않았다. 경비행기는 동그랗게 맴돌더니 반대 방향으로 기울어졌다. 경비행기는 내 쪽으로 기울었고 순간 눈을 의심했다. 흐릿하지만 엄청나게 큰, 우주인과 비슷하게 생긴 원숭이 한 마리가 평원에 그려져 있었다. 매체를 통해서 봤던 것보다 훨씬 흐릿하게 보였다. 사실 인터넷에 떠도는 선명한 사진은 보정 작업을 한 것이라고 한다. 흐릿한 문양들이지만 그 순간을 놓칠세라 카메라를 들이댔다. 구도를 잡고 정성을 들여 촬영할 여건이 아니었다. 전문 장비로 촬영하지 않는 이상은. 재빠르게 촬영하지 않으면 장면들을 담아낼 수 없을 정도로 경비행기는 제법 빠르게 움직였다. 얼마 지나지 않아 거미, 콘도르, 개 등 다양한 문양들이 보였다. 문양들 위로 날고 있는 것만으로도 신비로움의 극치를 맛보는 순간이었다. 모든 일에는 목적, 이유, 원인 등이 있는 법인데 이건 그 모두를 무색하게 하는 미스터리임에 분명했다. 나스카 문양에 대한 자료를 한 번 더 읽고 경비행기를 탈걸 하는 아쉬움이 남았다. 상공에 오랫동안 머물 수 있는 것이 아니라 끊임없이 날아야 하기 때문에 순식간에 문양은 지나가버린다.

한창 나스카 문양을 촬영하던 중 문득 어지러움을 느꼈다. 그리곤 울렁거리기 시작했다. 좌석 앞에 하얀 비닐이 걸려 있는 것이 그제야 보였다. '훈남' 프랭크는 열심히 비행을 하고 있는데 아침에 먹었던 음식을 고스란히 확인해야 하는 상황이 벌어질지도 모른다고 상상하니 그대로 앉아 있을 수만은 없었다. 촬영은 접어두고 눈으로만 감상하기로 했다. 본격적으로 멀미가 시작되면 눈으로도 볼 수 없는 지경에 이를지도 모를 일이었다. 호흡을 크게 들이쉬었다가 내쉬기를 반복했다. 오른손 엄지와 검지로 왼손 엄지와 검지 사이를 강하게 누르며 참아냈다. 이대로 무너져선 안 된다, 되새기며 버텼다.

한 시간 가까운 긴 비행이 끝나갈 무렵 갑자기 프랭크가 힐끗 우리를 쳐다보더니 웃었다. 그 순간 경비행기가 위로 숫구쳐 올랐다. 얼마를 올라갔을까. 갑자기 쑥 꺼지는 느낌이 확 밀려왔다. 마지막 서비스로 롤러코스터 탈 때의 짜릿한 재미를 안겨주려 한 것임을 알게 됐다. 롤러코스터 타는 걸 무척이나 좋아하던 나였지만 지금은 그 타이밍이 아니었다. 혼비백산이 됐다. 심해진 멀미는 더 이상 참을 수 없는 지경에 이르렀다. 그때 뒷자리에 탄 이들은 큰 소리로 외쳤다.

"One more! One more!"

고개를 돌리고 뒷자리를 쳐다보니 다들 장난기 어린 얼굴로 목청껏 외치고 있었다. 정말이지 그들이 너무 미웠다. 나는 그들의 외침이 끝나기 무섭게 더 큰 소리를 질러댔다.

"No! Please, no!"

조종간을 잡고 있는 프랭크의 팔뚝을 붙잡고 애원했다.

"No! No!"

앙탈을 부리는 뒷자리 동승자들과 나의 한판 승부가 펼쳐졌다. 조종간을 잡고 저항하는 나의 절박함이 느껴졌는지 더 이상의 롤러코스터는 없었다. 눈가에 눈물까지 고인 내가 결국 승자가 됐다. 앞자리에 앉아 더 많은 것을 보겠다는 욕심은 멀미만 일으켰다. 나 이외에 그 누구도 멀미로 괴로워한 이가 없었기 때문이다. 드디어 저 멀리 활주로가 보였다. 휴, 살았다. 두 번 다시 만날 수 없는 '훈남' 프랭크지만 그 앞에서 추한 꼴을 보이지 않아서 더욱 다행이었다. 앙탈쟁이들과는 한동안 말을 하지 않았다.

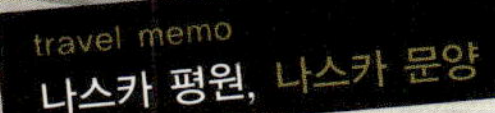

페루의 나스카 평원은 일 년 내내 비가 내리지 않는다.
간혹 10~20분 정도 비가 내리기도 하지만 대지를 촉촉이 적셔주기에는
턱없이 부족한 양이다. 이런 기후 덕분에 기원전 300~서기 600년 나스카족에 의해
만들어진 것으로 추정되는 유적지가 거의 손상되지 않은 것이다.
300개의 형상, 800개 이상의 선, 70개 이상의 동물과 식물을 상징하는
모양이 그려져 있고 지상에서는 볼 수 없다. 고속도로 건설을 위해 비행기로 측량을 하던
중에 나스카 문양이 발견됐다. 나스카 문양과 관련하여 외계인의 우주선 착륙지였다는 설,
고대인이 별과 우주의 움직임을 그려놓은 것이라는 설 등 몇 가지 학설이 있지만
아직까지 확실히 밝혀지지 않았다.

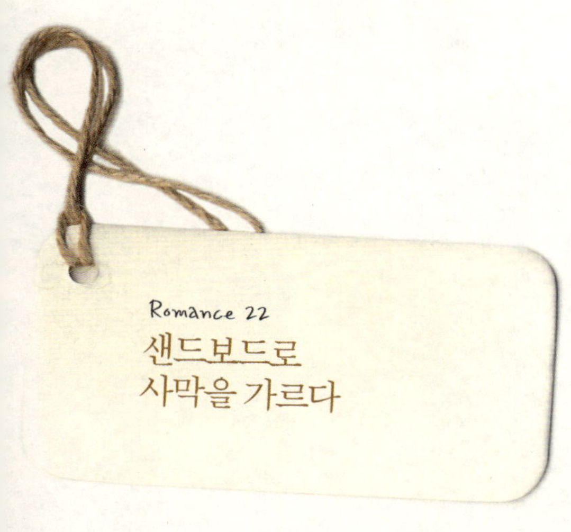

딱 손톱 크기다. 노란 언덕 위에서 보면 경사가 심한 저 멀리 내리막 끝에 서 있는 사람이 손톱만 하게 보였다. 지프를 운전하며 사막 투어를 이끄는 현지인은 꽤 높은 언덕에 차를 멈춰 세우더니 시동을 끈다. 그러고는 익숙한 몸놀림으로 서둘러 뒷자리에서 뭔가를 꺼내들었다.

"어랏! 보드네!"

그는 '알아챘구나' 라는 표정을 하고는 빙그레 웃더니 보드 바닥에 양초 칠을 한다. 현지인 두세 명과 함께 구석구석 양초 칠을 하느라 손놀림이 바쁘다. 정확히 알 순 없지만 골고루 발라줘야 하는 것 같았다. 아무래도 보드를 타게 해줄 모양이다. 스키장에서나 봤던 보드를 이 누런 사막에서 만나다니⋯⋯. 한 움큼 모래를 집었다. 모래 알갱이 하나하나가 손가락 사이로 스르륵 흘러내렸다. 마치 누런 물처럼. 그 정도로 모래가 부드럽고 곱기 때문에

보드 이벤트도 가능한 것이다. 마른 공기가 코끝으로 스며들었다. 양초 칠을 끝낸 현지인이 한 손을 번쩍 든다. 누가 먼저 탈 거냐는 신호다. 서로 눈치만 살피다가 제법 용감한 한 명이 나섰다. 언덕 위에 놓인 보드에 폼을 잡고 떡 하니 올라서자 현지인들이 쳐다보며 큰 소리로 웃는다. 그들은 이내 웃음을 멈추고 내려오라며 손을 잡아끌더니 직접 시범을 보인다. 보드에 가슴을 대고 엎드린다. 두 팔은 어깨 너비로 좁혀서 가슴 안쪽으로 모으고 손으로 발걸이를 잡았다. 보드의 발걸이가 손잡이로 사용되는 것이다. 그리고 다리는 살짝 벌린 뒤 뒤로 들어올려 치켜세우는 자세를 유지해야 한다고 했다. 그대로 따라하자 준비 자세는 끝이 났다. 현지인이 보드를 경사 아래로 민다. 그 순

간 보드는 스키장에서보다 더 빠르게 아래로 미끄러져 내려갔다. 순식간의 일이다. 짧은 외마디 비명 소리가 용감하던 그의 입에서 튀어나왔다. 앞선 시범자가 없었으므로 그의 보드 실력은 샘플이 됐다. 그런데 평지에 도달할 무렵 보드를 놓친 그가 나뒹굴었다. 그리고 손톱만 한 크기의 그가 한동안 움직이질 않았다. 잠시 후 그는 툭툭 털고 일어나더니 손을 흔들어 괜찮다는 신호를 보냈다. 다음 지원자를 찾아 현지인이 한 손을 또다시 번쩍 든다. 서로 눈치만 살피며 머뭇거린다. 다들 보드에서 내팽개쳐지듯 나자빠진 그의 모습을 떠올리고 있음이 분명했다. 서로의 눈치를 살폈다. 이때 저 아래서 작은 울림이 들린다.

"죽여! 죽여! 죽여줘! 안 하면 후회할 거야!"

진심일까, 거짓일까, 혼자 당하기 싫어서 저러는 건 아닐까. 표정을 정확히 읽을 수 없으니 갈등만 심해졌다. 까짓것 한번 해볼까. 하지만 막무가내로 도전하기엔 경사가 너무 급해서 위험해 보였다. 슬슬 자리를 피했다. 내가 그러는 사이 또다시 한 명의 지원자가 손을 들었다. 말수도 적고 그때까지만 해도 얌전히 여행을 즐기던 언니였다. 그런데 기다렸다는 듯이 손을 번쩍 들더니 보드 위에 엎드린다.

"사진 좀 찍어줄래?"

여유까지 부린다. 그리곤 쏜살같이 아래로 곤두박질치듯 내달린다. 좀 전의 그 사람보다 빠른 기세로 내달린 듯했다. 가벼운 체구에다가 자세가 좋아서 그렇다는 말이 들려왔다. 손톱만 해진 언니가 위를 향해 외친다.

"죽여! 죽여! 정말 죽여! 정말 재밌어! 장난 아니야!"

이루 말할 수 없이 재미있는 놀이임엔 확실해졌다. 보드를 제각기 하나씩 가슴에 들고는 순서를 기다린다. 지프를 타고 온 모든 사람이 샌드보드를 즐기는 동안 나는 사진 촬영에만 몰두했다. 안 하면 후회할 거라는 말로 나를 유혹해왔지만 꿈쩍도 하지 않았다. 별 두려움 없이 이것저것 용감하게 나서던 내게 무서웠던 기억이 하나 떠올랐기 때문이다. 국내 스키장에서의 일이다. 속도감을 썩 내켜 하지 않던 나는 스키를 즐기기보다는 따뜻한 스키복을 입은 채로 하얀 눈을 바라보며 커피 마시는 걸 더 좋아했다. 그렇게 몇 번을 찾아간 스키장에서 같이 간 사람들의 성화에 못 이겨 스키를 타게 됐다. 스키화의 둔탁한 무게 때문에 어설픈 걸음걸이로 걷다가 비명 소리를 듣게 됐다. 누군가 사고를 당한 것이다. 순식간에 구급차가 달려왔고 부상자는 허리를 다쳤다는 소식이 들려왔다. 이제 막 한 걸음 내디디려던 나는 급하게 스키 장비를 벗어던졌다.

"이건 어떤 신호인 거야. 나처럼 몸치에다가 속도감을 즐기지 않는 사람은 타지 말라는 계시인 게지."

샌드보드를 앞에 두고 그때의 기억을 떠올리며 갈등이 시작됐다. 타느냐 마느냐. 이번에도 공포감을 극복하지 못하면 앞으로 두 번 다시 이겨내지 못할 것이다. 그런데 꼭 이겨내야만 하나. 만약 혹시라도 여행지에서 다치기라도 하면 그다음이 더 문제 아니던가. 무리한 도전으로 후회할 일을 만들어서 득이 될게 무엇인가. 서로 다른 두 생각이 강한 충돌을 일으켰다. 하지만 이미 마음속에서 결론은 내린 상태였다. 모두 다 내려간 내리막을 향해 소리 질렀다.

"난 싫어!"

안타깝다는 듯이 현지인이 나를 바라봤다. 나는 커다랗게 엑스 자를 만들어 정확한 의사를 밝혔다. 해보라는 몇 번의 제안을 강하게 거절하고 서둘러 지프에 올라탔다. 현지인은 지프에 올라타더니 내 동료들이 있는 내리막으로 힘껏 내달렸다. 울퉁불퉁한 사막 위를 한참 내려가서야 그들을 만날 수 있었다. 그런데 그들의 얼굴을 보는 순간 웃음이 터져 나왔다. 온몸에 모래가 잔뜩 붙어 있었다. 팔뚝이 살짝 까져서 피가 맺히기도 했다. 그래도 표정만은 즐거움이 가득했다. 우리를 태운 지프는 또다시 어디론가 달려갔다. 그리고 잠시 후 더 높은 언덕 위에 차가 선다. 다시 꺼내든 보드. 모래를 다 털어내기도 전에 그들은 샌드보드를 타기 위해 줄을 섰다. 나는 그들의 뒤통수에다 대고 소리쳤다.

"이번엔 너무 높다. 아까보다 두 배는 높은 것 같은데 괜찮겠어? 다들 정신 차리라고!"

그들은 씽긋 웃으며 나를 쳐다본다.

"그건 못 타본 이들이 괜히 샘나서 하는 소리 같은데……."

타박이 이어졌다. 이미 그들은 샌드보드에 푹 빠진 상태. 나의 충고는 경험해보지 못한 자의 불만 섞인 투정으로밖에는 들리지 않는 듯했다.

연이어 그들은 보드에 몸을 싣고 사막을 느끼고 있었다. 보드를 타기 위해 그 후에도 세 번의 이동이 더 있었다. 좀 더 높은 곳으로의 이동이었다. 그들은 도착하면 조금의 망설임도 없이 양초 칠을 한 보드를 받아들고 내리막을 향해 미끄러졌다. 나는 그들의 뒤를 좇아 지프로 내달렸다. 그렇게 한참의 시간이 흐르고 찬 기운이 느껴졌다. 현지인은 사막의 석양을 봐야 한다며 서둘렀다. 좋은 위치라며 내려준 곳에 한동안 앉아 생각을 정리할 수 있었다. 누런 사막으로 붉은 노을이 밀려들면서 그 경계가 흐릿해져 하나가 되어가고 있었다. 옹기종기 모여든 샌드보드 청년들도 아무 말 없이 석양을 바라본다.

'다들 무슨 생각을 하고 있을까?'

젊음을 물씬 풍기던 샌드보드 위의 청년들, 그들이 석양빛에 물들었다. 석양빛에 에워싸여 실루엣이 또렷해지고 그 실루엣을 따라 또다시 빛을 발한다. 그들은 분명 뜨겁고 강한 빛을 발산하고 있었다. 열정, 사랑, 젊음, 고독, 그리움. 모든 것들이 그렇게 밖으로 분출되고 있었다.

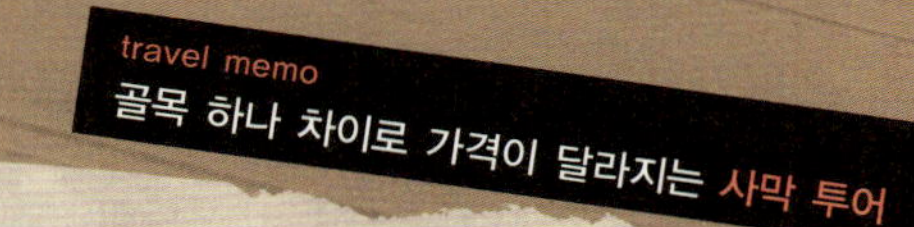

골목 하나 차이로 가격이 달라지는 사막 투어

"사막에 가다니……."

열광적인 탄성이 절로 터져 나왔다. 사막 하면 오아시스와, 낙타에 가득 짐을 싣고 어디론가 떠나는 대상이 연상된다. 여기에 살기 위해 사막을 목숨 걸고 넘는 유목민의 힘겨운 삶 정도가 떠오르는 게 고작이다. 그러다 문득 사막에서 섹시한 화보를 찍는다며 나뒹굴던 여인의 모습이 오버랩됐다. 단 한번도 가보지 못한 사막에 대한 환상은 그렇게 오락가락 나를 더욱 흥분시키고 있었다. 살기 힘들다는 사막에도 버젓이 호텔들이 있고 사람 냄새 폴폴 풍기는 자그마한 동네가 있었다. 간간이 레스토랑도 눈에 들어왔다. 사막이 한눈에 들어오는 숙소에 짐을 풀고 길을 나섰다. 사막을 거뜬히 내달릴 수 있는 지프를 타고 사막 투어가 시작됐다. 부릉 부릉 부르릉. 엔진 소리에 골목에서 어슬렁거리던

사람들이 다가와 손을 흔들어준다. 사막 투어를 이끄는 지프의 주인은 현지인뿐만 아니라 이탈리아 사람, 스페인 사람 등 다양했다. 즉석에서 가격 흥정이 이뤄지는데 숙소보다는 몇 발자국 걸어 나와 골목에서 계약을 하면 훨씬 싼 가격에 투어를 즐길 수 있다고 한다. 아는 만큼 절약할 수 있다는 걸 새삼스레 느꼈다. 물론 숙소에서 바로 출발하는 지프 투어를 해보지 않은 상황에서 단순히 가격 차이로 비교를 하는 게 무리일 수 있지만.

라틴아메리카
여행자들의 로망, 쿠스코

처음 가보는 도심은 하룻밤만 지내면 어느새 익숙하다는 표현을 쓸 수 있을 만큼 친숙해진다. 게다가 익숙해지는 골목길과 익숙해지는 사람들 속에서 낯익은 무엇인가와 맞닥뜨리게 되면 믿지 않던 전생까지 들먹이며 묘한 감정에 빠져들곤 한다. 쿠스코 아르마스 광장 벤치에 앉아 새파란 하늘을 즐기고 있을 때였다. 운치 있는, 광장의 한낮 풍경을 훑던 시선은 저 멀리 또 다른 벤치에 앉아 있는 한 남자의 얼굴에서 멈췄다. 정확한 윤곽은 보이지 않지만 심장이 먼저 알아보고 떨리기 시작한다. 모자를 눌러쓰고 고개를 약간 숙인 채 이어폰을 꽂고 생각에 빠져 있는 그 남자, 어디서 본 듯했다.

'어디서 봤더라.'

고민은 얼마 못 가고 곧 모든 게 착각임을 알게 됐다. 아니, 어디선가 한두 번 마주쳤을지도 모를 인연인데 그 연결 고리를 찾지 못하는 걸 수도 있었다.

그런데 옛 친구든, 옛 사랑이든 우연한 만남이 이뤄지길 바랐던 도시가 바로 쿠스코였다. 영화의 한 장면이 때론 현실에서 벌어지기도 하는 영화 같은 삶도 있으니 말이다. 가쁘게 뛰던 심장이 쉽게 잦아들지 않더니만 이내 미간 사이가 묵직해져왔다. 잔뜩 움츠러들었던 고산 증세는 평온했던 질서가 흐트러진 틈을 타고 삐죽 튀어나

서울에선 거의 사라진 티코의 행방이 밝혀졌다.
출퇴근 때 정체 현상을 빚을 정도로 복잡한 도시는 아니지만 신호에 걸려 쭉 늘어선 수십 여대의
'티코' 부대. 그곳에선 티코를 택시로 사용하고 있었다. 좁다란 골목길을 쉽게 움직일 수 있는 티코는
쏜살같은 몸놀림으로 쿠스코 시민의 발이 되고 있었다.

변비가 심한 여행객이 화장실에서 빈혈기로 고생한 이야기를 할까 한다.
그날도 어김없이 사흘 만에 화장실에 가고 싶다는 신호가 온 것이다. 멀쩡하던 이들도
여행을 떠나면 긴장 탓에 성공률이 떨어진다며 불안해하던 차에 일주일 정도 걸리리라는
예상을 깨고 사흘 만에 소식이 왔으니 급하게 화장실로 달려간 것은 당연한 이야기.
그런데 문제는 그곳에서 벌어졌다. 온몸에 힘을 주다 그만 호흡이 가빠지고 시야가 어두컴컴해지는
빈혈기가 발생한 것이다. 고산 증세가 있는 이들이 무리하게 힘을 주다 빈혈기로 쓰러지는 일이
종종 발생한다고 했다. 속 시원한 배변은 고사하고 정신 차려 밖으로 나온 것만도 다행이라니.
고산지대를 여행하다 보면 가스가 차는 듯한 편치 않은 느낌이 든다. 먹은 음식물을 아무리 따져봐도
이상이 없는데…… 그건 고산지대를 여행하는 관광객이면 누구나 느끼는 현상이다. 다만 말하기
쉽지 않은 내용이다 보니 다들 속으로만 끙끙 앓는 것이다.

오려 했다. 코로 깊게 들이쉰 숨으로 온몸을 진정시키려
하면 할수록 현기증이 났다. 이유가 뭘까. 여전히
눈은 그를 향하고 있는 나를 발견했다. 고산
지대의 아름다운 도시에서는 심장이
들떠 쉽게 감정이 노출되기도
한다. 그래서 모든 감정
이 배가 되는 곳,
쿠스코를 더 그리워
하는지도 모를 일이다.

이런 사건도 있었다. 한 남자에게서 폭발음이 들렸다.
순간 시선은 집중되고 그에게 달려가는 사람들이 보였다.
다행히 다친 데는 없는데 당황한 기색이 역력했다. 그의 말에 따르면
담배를 피우기 위해 라이터를 주머니에서 꺼내다가 그만
손가락 사이로 떨어뜨렸다고 했다. 그 순간 과장된 표현을 빌리면
펑 하는 폭발음과 함께 터져버리고 말았던 것이다. 땅에 떨어진 충격에
공기와 마찰이 일어나 불꽃이 튀면서 터져버린 것이다.
고산 지방을 여행할 때는 낭패 볼 일이 빈번하게
일어나므로 조심해야 한다.

6월 24일 날이 밝아오면 태양의 신전인 코리칸차에서 태양제의 시작을 알린다. 거대한 행렬이 잉카 유적지인 삭사이와망으로 향한다. 잉카제국의 황제 역할을 담당한 주인공이 선두가 되고 각종 깃발과 화려한 옷을 입은 귀족들도 그의 뒤를 따른다. 축제에 참가한 잉카의 병사는 실제 현역 군인들이라고 한다. 구스코에서 걸어서 한 시간 남짓 걸리는 삭사이와망에 행렬이 도착하면 의식이 거행된다. 해발 3540미터에 위

치한 삭사이와망에는 거대한 성곽 모양의 유적이 남아 있다. 바늘 하나 들어갈 틈 없이 쌓아올린 성곽은 그 길이만도 360미터에 이른다. 석벽 위에 오르면 해시계를 비롯한 제단 터가 드러나 그곳이 종교적 목적으로 건설됐음을 알 수 있다. 삭사이와망은 퓨마의 형상과 비슷하다. 당시 권위를 상징하는 동물이 퓨마였기 때문이다.

잉카제국

서기 11세기부터 쿠스코를 중심으로 발흥한 잉카제국은 15세기 초 제9
대 파차쿠티 황제 때부터 급격히 발전하기 시작해 중부 페루 고원과 에
콰도르, 칠레, 아르헨티나 북부 지역에 이르는 광대한 영토를 지배했다.
잉카제국은 마지막 황제 아타우알파 때 스페인에 정복당하기까지 12대
에 걸쳐 지속되었다. 잉카인은 스스로를 '타완틴수요(Tahuantinsuyu)'
라고 불렀는데 이는 '4방위의 나라' 라는 뜻이다. 쿠스코를 중심으로 동
서남북으로 뻗은 나라라는 의미다.
이들은 태양신을 섬겼으며 문자와 수레를 사용하지 않았고 발달된 석
공 기술로 황금이 가득한 태양의 신전을 비롯하여 많은 건축물을 남겼
다. 삭사이와망 요새와 코리칸차 신전 등도 거대한 돌을 바늘 하나 들어

갈 틈도 없을 만큼 정교하게 다듬어 쌓은 뛰어난 석조 건물로 유명하다.
'잉카' 는 '태양의 아들' 이라는 뜻인데 이는 황제를 일컫는 말이기도
하다. 잉카제국은 안데스 지방에 있던 여러 국가 가운데 가장 늦게 세
워졌다. 그런데 13세기에 망코 카파크라는 왕이 쿠스코에 도읍을 정
한 뒤부터 힘을 기르기 시작했다. 망코는 태양 신전을 쌓았고, 태양의
아들로 숭앙되었다.
뒷날 스페인 정복자 프란시스코 피사로가 군인 180명을 이끌고 쿠스코
를 점령했을 때 태양의 신전 돌벽에는 황금 덩어리가 여기저기 박혀 있
었고 해 · 달 · 별의 제단에는 황금이 두껍게 입혀져 있었다. 또 황금으
로 만든 황제 상이 열여덟 개나 되었다고 한다.

travel memo
피스코, 바예스타스 섬 투어

바예스타스 섬은 '가난한 자의 갈라파고스'라 불리는
온갖 해양 동물의 천국이다.
물개와 펭귄, 펠리컨과 이름을 알 수 없는 온갖 물새
그리고 파라카스 문명이 만들어낸
신비의 지상화까지 볼 수 있는 곳이다.

Peru 197

"마추픽추를 보러 왔어요"

한눈에 일본인이라 느꼈다. 일본인답지 않게 멀대같이 큰 키에 턱수염이 몇 개 승숭 뻗은 젊은이였다. 20일간 오로지 페루만을 볼 것이라 했다. 사람마다 다르겠지만 이왕 온 김에 일정을 줄여 다른 나라도 관광할 법한데도 그는 확신에 찬 어조로 말했다.

"마추픽추를 보러 왔어요."

거창하게 수식어가 붙는 마추픽추에 대한 기대감은 크다. 하지만 커다란 대륙에서 마추픽추 하나밖에 볼 게 없다는 뉘앙스는 좀 지나친 것 아닌가 싶었다. 괜한 트집을 잡았다.

"아르헨티나도 좋은데……. 나스카 문양은 봤나 모르겠네?"

"다음에 또 기회를 만들어서 오면 되지요. 이번 여행은 마추픽추에 집중하고 싶어요."

누구나 좋다고 말하면 조금은 삐딱하게 바라보려는 마음이 생기게 마련이다. 나의 경우는 그렇다.

"알려진 유명 관광지일수록 실망감이 커지기도 하죠."

마추픽추를 향하는 내내 평온한 그에게 나는 시비를 걸었다. 얼마 지나지 않아 다소 상기된 표정을 한 앳된 여인과 눈이 마주쳤다. 대화 상대가 필요했던 듯 묻지도 않은 자신의 이야기를 꺼내든다.

"친구와의 약속을 지키게 됐어요. 정확히 말하면 저와의 약속이지만."

고등학교 시절, 우연히 교과서에서 보게 된 마추픽추 사진과 그에 얽힌 역사적 사실에 놀란 그녀는 함께 사진을 보던 친구와 새끼손가락을 걸고 약속했다고 한다. 대학생이 되면 꼭 같이 가보자고. 공부의 목표가 여행이라는 사실이 우습기도 했지만 확실한 목표가 생기니 공부하는 데 큰 힘이 됐다고 한다. 마추픽추 사진을 책상 앞에 걸어두고 공부할 만큼 그녀는 마추픽추에 홀딱 빠져 있었다. 수석으로 대학에 입학하는 행운까지 얻은 그녀는 마추픽추를 보려는 열망이 더욱 강해졌을 터. 새끼손가락 걸고 약속한 친구는 라틴아메리카 여행길에 오르지 못했다. 너무 위험하다며 극구 말리는 부모님을 설득하지 못했던 것이다. 결국 그녀는 홀로 라틴아메리카에 오게 되었다.

"마추픽추를 보러 왔어요."

그녀는 작지만 강한 어조로 말했다.

마추픽추 입구에 도착했다. 입구부터 수많은 관광객들이 눈에 띈다. 세계 7대 불가사의라는 홍보 문구가 보이고 초입에 있는 레스토랑과 노천 카페엔 여느 관광지에선 볼 수 없었던 수많은 인파가 몰려 있다. 마추픽추 입구에는 여권에 찍을 수 있는 스탬프까지 마련돼 있다. '참 잘했어요' 도장을 받듯 꾹

누르고 나자 마음이 달라졌다. 정교하게 잘 다듬어진 유명 관광지를 보러 가는 길이라고 애써 다독이던 마음이 점점 사라지기 시작했다.

얼마 걷지 않아 놀라움에 숨이 턱 막혔다.

'이거였구나. 바로 이거였구나.'

한눈에 들어오는 마추픽추는 경이로움 그 자체였다. 마추픽추를 향해 가는 내내 버스 안에서는 산꼭대기조차 보이지 않았었다. 산의 크기를 가늠하기 위해 차창에 이마를 대고 위로 한참을 올려다봤지만 정상은 눈에 들어오지 않았었다. 산 중턱을 지나고 있는데도 그 높이를 가늠할 수 없을 정도로 큰 산이었다. 그곳에 놀랄 만한 크기의 도시가 있는 것이다. 2, 3일 정도 머물면서 둘러봐도 만족스럽지 않을 만큼의 감흥을 준다고 했다. 하루 일정으로 방문한 관광객들은 잔디밭에 드러눕기도 했다. 지금은 잔디밭으로 변했지만 예전에는 밭이었던 계단식 경작지에 드러누워 그 기운을 받아들였던 것이다.

잔디밭 난간에 걸터앉아 운치를 즐기는 이들부터 골목 사이사이를 헤매고 다니는 이들까지 움직이는 것은 사람이고 우직하게 우뚝 솟아 있는 것은 돌덩이들이었다. 그때 어디선가 조용히 속삭이는 소리가 들렸다. 연인으로 보이는 외국 관광객이 귓속말을 하고 있었다. 돌 사이로 들리는 그들의 속삭임에 나도 모르게 눈을 지그시 감았다. 남자가 여자에게 들려주는 말이 내 귀로 들어왔다.

"마추픽추에 왔으니 더 이상 바라는 게 없어. 여기 함께 와줘서 고마워. 사랑해."

눈을 감고 듣는데 마치 내게 하는 말처럼 부드럽고 감미로웠다. 살랑살랑 부는 바람결에 그의 말은 햇살처럼 따스했다. 어느새 조용해졌다. 눈을 살포시 떠보니 그들은 저만치 걸어가고 있었다. 역시 여행지는 사랑하는 이와 함께할 때가 최고다. 그래서 굳게 결심했다. 다음엔 사랑하는 이와 꼭 함께하리라고. 그리고 나도 감히 이렇게 말하고 싶었다.

"라틴아메리카에는 마추픽추를 보러 왔어요."

마추픽추는 쿠스코에서 북서쪽으로 약 112킬로미터 떨어진 곳에 위치한다. 버스로 쿠스코를 출발해 우루밤바 강에 이른 후 이 강을 따라 올란타이탐보까지 가서 기차를 탄다. 아구아스칼리엔테스에 도착하면 마추픽추 입구까지 가는 버스가 있다. 버스가 출발한 지 10여 분이 지나면 마추픽추 매표소에 도착한다. 쿠스코에서 마추픽추 입장료까지 포함한 투어 상품을 쉽게 찾을 수 있다. 투어 비용은 US$125 이상이다. 흥정에 따라 약간의 차이가 있을 수 있다.

마추픽추는 우르밤바 계곡 지대의 해발 2280미터 정상에 있다. 해발 몇 미터라는 표기를 볼 때마다 "그게 뭐?" 라고 반문하며 그 높이를 상상하기가 쉽지 않았다. 그래서 구체적으로 표현하면 해발 2280미터는 해발 1950미터인 한라산 위에 해발 293미터인 대모산이 올라가 있는 것이다. 그래서 그런 높이에 건설된 마추픽추에 '공중 도시' 라는 수식어가 붙는 것이다. 마추픽추는 '늙은 산 봉우리' 라는 뜻이다. 도시 절반에

해당하는 비탈면은 계단식 밭이고 나머지는 신전, 궁전, 거주지로 구성
돼 있으며 주위는 성벽으로 둘러싸여 있다.
16세기 후반, 잉카인들은 문명이 고도로 발달한 이곳 마추픽추를 버리
고 더 깊숙한 오지로 떠났으나 그 이유는 아직도 밝혀지지 않았다. 마
추픽추는 그 뒤 약 400년 동안 사람들 눈에 띄지 않다가 1911년 미국의
역사학자 하이럼 빙엄에 의해 발견됐다.

달의 신전이시여,
저를 그토록 원하십니까?

분명 안 가겠다고 단언했었다. 절대 더 이상 높은 곳은 올라가지 않을 거라고 되새김질하듯 묻지도 않은 혼잣말을 했었다. 혹시라도 흔들릴지 몰라 어깨에 둘러맨 가방 안엔 노트북, 카메라, 수첩 등을 무겁게 담아 들었다. 비스킷과 초콜릿도 한 봉지씩 넣었다. 마추픽추 안에선 상행위가 금지됐기 때문에 점심 식사 대용으로 챙긴 것이다. 조용히 너른 풀밭에 앉아 원고를 쓰면서 하루 종일 한가한 시간을 보내리라 결심했었다. 그런데 달의 신전이 있는 와이나픽추 입구를 우연히 지나다가 나무 창살을 만나게 됐다. 한 사람씩 출입할 수 있는 좁다란 통로 이외에는 모두 막혀 있었다. 그래서 길게 늘어선 줄을 구경하며 달의 신전을 오르려는 이들을 응원하고 있었다. 그때까지도 달의 신전에는 오르지 않겠다는 결심엔 변함이 없었다. 그런데 기다랗던 줄은 좀체 줄어들지 않았다. 한 명씩 출입시키던 입구를 막고 서 있던 관리자는 누군가를 기다리는 듯했다. 그는 입장권을 보여달라는 시늉을 하며 팔을 위로 휘휘 젓는다. 이 럴 땐 호기심이 발동한다. 그의 앞으로 다가가 들고 있던 입장권을 슬쩍 건넸 다. 그는 내 입장권을 보자마자 한쪽으로 다시 줄을 서라고 했다.

"이건 또 뭐야? 이유를 설명해줘야 할 것 아닌가?"

대꾸도 하지 않는 그의 앞으로 맨 뒤에 서 있던 관광객이 다가선다. 그가 들고 온 종이를 뚫어져라 쳐다보더니 입장시킨다. 오케이를 받아 들어가려 던 관광객을 이번엔 내가 붙잡았다. 그런데 그의 입장권에는 나와 다른 도장 이 찍혀 있는 것이 아닌가. 마추픽추 입구에서 달의 신전에 가게 해달라고 허 락을 받은 증표라고 했다. 나는 원래 달의 신전에는 갈 생각이 없었는데 그 말을 듣고 나니 마음에 동요가 일기 시작했다. 제한적으로 입장이 허용된 곳 이라면 여기까지 왔는데 가봐야 하는 것 아닌가 하는 생각이 들었다. 그때부 터 나의 모습은 확 달라졌다. 입구부터 숫자를 제한했다면 가고 싶어도 못 가 는 이들이 많겠다는 생각에 엉성하게 줄 서던 폼을 바꿨다. 사정을 모르는 관 광객들은 때를 기다리며 줄 서 있었고 별도의 도장을 받아 달의 신전으로 출 발한 관광객의 숫자는 미처 400명이 안 됐다. 줄을 잘 서고 운도 따라준다면 달의 신전에 갈 수 있을지도 몰랐다. 어느새 절대 가지 않겠다던 나도 자리를 빼앗길까 철저하게 앞 사람을 기억해두고 있었다. 누군가 은근슬쩍 새치기 라도 할라치면 잔뜩 눈살을 찌푸렸다. 나는 분명 안 가겠다고 결심했었는데, 분명 가방에는 어깨가 아플 정도로 잔뜩 짐을 담아 나왔는데 말이다. 얼마 지 나지 않아 관리자는 앞줄부터 숫자를 세기 시작했다. 그리고 나를 지나 열 명 을 넘기기도 전에 딱 잘라 말한다.

"오늘은 여기까지, 이분까지만 입장할 수 있습니다. 나머지 분들은 내일 오세요!"

동네 뒷산도 아니고 내일 다시 오라니 관광객들은 웅성거리기 시작했다. 하루 400명까지 입산을 제한하는 걸 나처럼 몰랐던 사람들이다. 가지 않겠다고 방방 떴던 나는 엉겁결에 달의 신전으로 향하는 대열에 합류하게 되었다. 가고 싶어도 못 가는 사람들에게 나는 부러움의 대상이 돼버렸다. 결국 나는 올라가야 한다는 결론에 도달했다. 그러자 피크닉 나온 여자처럼 바리바리 싸들고 온 짐이 어깨를 짓누른다. 달의 신전에 오를 수 없게 된 사람들의 볼멘소리에 뒤섞여 환청마저 들리는 듯했다.

"달의 신전이시여, 저를 그토록 원하십니까?"

경사가 꽤 가파른 산을 따라 등행을 해야 한다. 고산 증세로 숨은 쉽게 차오르고 머리는 깨질 듯이 아파오는데 또다시 더 높은 곳으로 올라가야 한다. 시간이 흐를수록 땀으로 뒤범벅이 된 몸은 천근이다. 출발을 했으면 정상을 봐야 하는 것 아니냐는 말들이 귀에서 맴돈다.

한 시간쯤 올랐을까. 한 사람씩 오를 수 있는 길이 나오고 약 70도에 가까운 급경사가 보였다. 다리는 후들후들 떨리고 기운은 거의 빠져나갈 무렵, 드디어 정상에 도착했다. 달의 신전에선 마추픽추가 고스란히 한눈에 들어왔다. 작은 지도를 보는 듯 한 손에 잡힐 듯이 앙증맞은 모습이었다. 정상을 밟았다는 자부심도 잠시, 하산길이 까마득했다. 내려가는 길도 만만치 않았다. 한 발 한 발 디딜 때마다 긴장하지 않으면 다칠 수 있는 험준한 산세였다. 등산을 통해 배우는 건 마지막 한 걸음까지 긴장해야만 원래 그 자리로 되돌아올 수 있다는 점이다. 정상은 우리가 머물 자리는 아니니까. 등산을 인생에 곧잘 비유하는 것도 바로 이 때문일 것이다. 한 시간쯤 엉거주춤하며 내려왔을까. 어렴풋이 나무 창살이 다시 보여 안도의 한숨을 내쉬었다. 예상하지 못했던 산행이었기에 정상에 오를 때까지는 끊임없이 갈등했던 것 같다. 포기할까 말까. 인생의 정확한 목표를 가지고 있는 사람과 그렇지 못한 사람의 차이일 것이다.

꽉 채워 왕복 두 시간이 걸리는 달의 신전에 갔다 온 이들과 일부러 가지 않은 이들 사이에 보이지 않는 신경전이 벌어졌다. 꼭 가서 봐야만 맛이던가. 물론 나는 갔다 왔다는 뿌듯함이 남아 있지만 마추픽추 너른 잔디에서 하루를 보내며 생각을 정리하고 여유를 느꼈어도 충분했을 것이다. 오히려 달의 신전에서 내려온 뒤 갈증 때문에 허겁지겁 마추픽추와 작별했다. 그런데 그날 저녁 지금까지도 잊을 수 없는 아쉬운 소리를 듣게 됐다. 사진기를 네 개나 들고 온 소녀에게서 말이다.

"마추픽추는 4시경에 사진을 찍으니까 색감이 더 예쁜 것 같아요. 좀 더 남아서 같이 보자고 말하고 싶었는데 땀도 많이 흘리고 기운도 없어 보여 붙잡지 못했어요."

다시 가는 날엔 아침부터 해질녘까지 꼭 있어볼 참이다. 마추픽추를 오른 뿌듯함과 뭔가 이루고 난 뒤의 허탈함이 뒤섞여 늦은 밤까지 시간 가는 줄 모르고 술잔을 기울였다. 알코올에 약한 사람이라도 그날만큼은 다들 옹기종기 모여 앉아 흥취에 젖어들었다. 어스름 속에서 갑자기 들이닥친 한 무리의 동양인들이 새벽녘이 다 되도록 떠날 생각을 하지 않자 술집 주인은 이내 관심을 갖기 시작했다. 그런 그에게 주머니에 넣어둔 라면 스프 두 봉지를 건넸다. 주인은 스프를 받아들고는 팔팔 끓는 뜨거운 물을 가져다주면 되느냐는 동작을 했다. 잠시 난감한 표정을 짓자 그가 부엌으로 직접 데리고 들어갔다.

그리고 그릇을 사용하게 했다. 냄비에 물을 끓인 후 라면 스프를 넣
고 휘휘 저었다. 얼마 만에 먹어보는 라면 국물이던가. 외국 여행
길에 라면 하나면 마음이 든든해지는 건 어쩔 수 없는 일인 것
같다. 그렇게 라면 국물을 끓여 조심스레 부엌에서 나왔다.
술집 안엔 온통 매콤한 라면 스프 냄새가 진동했다.
힐끗힐끗 쳐다보는 외국인들과 눈이 마주쳤
다. 여기저기서 재채기를 해대는 통에
멋쩍은 웃음으로 미안한 마
음을 전했다.

라면 국물을 한 수저 떠먹으려는데 느닷없이 나도 재채기가 났다. 청양 고추를 듬뿍 넣어 끓여 먹던 라면이었는데 스프만으로도 입 안이 화끈거렸다. 매콤한 라면 국물 맛은 끝내줬다. 여행 떠나기 전 우연히 들른 송탄부대찌개 집에서 얻은 라면 스프 스무 개. 주인의 너그러운 마음씨에 감복한 날이었다. 아끼고 아끼던 스프 두 개를 개봉하면서 주인장의 얼굴을 떠올렸다. 그리고 흔쾌히 주방을 내준 오스칸 아저씨에게도 감사함을 전한다.

마추픽추를 한눈에 바라보면 미로처럼 복잡하게 펼쳐져 있어 어디서부터 봐야 할지 난감하기도 하다.
하지만 가고 싶은 대로 미로 찾기를 해보는 것도 색다른 맛일 것이다. 창고와 분수, 수로를 보면
가히 놀랄 만하다. 쭉 둘러보다 보면 와이나픽추 입구를 발견하게 된다. 그곳의 출입은 제한되어 있어서
나무 창살로 만든 출입문을 지나갈 때 명부에 자신의 이름, 나이, 국적, 성별 등을 기입해야 한다.
하산하고 나올 때 사인하는 난은 비어 있다. 인원을 체크하는 동시에 홀로 여행을 다니는 관광객을
보호하기 위한 방편이기도 하다. 마추픽추는 늙은 산봉우리란 뜻이고 와이나픽추는
젊은 산봉우리란 뜻이다. 그래서인지 와이나픽추의 산세는 무척 험하다. 그 험한 길을 뚫고
신전을 쌓았다는 사실이 놀라울 뿐이다.

마추픽추에서
고백성사를

눈을 지그시 감고 어린 시절로 돌아가보자. 아련했던 옛 기억 속에 감추고 싶은 사건 하나 정도는 꼭 있게 마련이다. 너그러이 스스로를 용서하는 웃음이 절로 입가에 배어나오지만 그때 그 순간을 떠올릴 때면 어김없이 터질 듯 콩닥콩닥 뛰고 있는 가슴을 움켜쥐게 된다. 이미 세월이 흘러 강산이 여러 번 바뀌었는데도 말이다.

마추픽추에 기차로 가려면 기차역이 있는 올란타이탐보로 가야 한다. 올란타이탐보에서 마추픽추까지 걸리는 시간은 한 시간 반 정도. 오래된 기차 안은 평화로웠다. 작은 목소리로 대화를 주고받는 사람들의 웅성거림조차 아름다운 선율로 느껴지는 따스한 햇살이 가득했다. 여행 동반자인 한 소녀가 20년 전에 저지른 어린 시절의 사건 하나를 서슴없이 꺼내들었다. 마치 무엇에 홀린 듯 혼잣말처럼.

"친척 집에 놀러 갔을 때 일이에요. 저도 장난감 반지를 가지고 있었는데 사촌 동생이 끼고 있던 반지가 너무 갖고 싶었던 거예요. 내 손가락에 끼면 더 예뻐 보일 것 같은 게 어찌나 그 반지가 탐나던지. 사촌 동생이 손을 씻으려고 세면대 위에 벗어놓은 그 반지를 나도 모르게 집었어요. 그러고는 아무 말 없이 그걸 가져왔어요. 주머니에 감춰서 말이지요. 제 마음 한편에 묻어두었던 이야기였는데……. 한번도 누군가에게 말한 적이 없었거든요. 한동안 남의 물건을 훔쳤다는 죄책감에 시달렸죠. 사실 지금도 제가 한 일을 후회해요. 용서받고는 싶었는데 누구에게 말해야 할지 모르겠더라고요."

이야기는 끝났고 다행히 그 누구 하나 호들갑을 떨지 않았다. 그리고 얼마 지나지 않아 옆자리에 앉아 있던 한 청년이 그 분위기를 잇는다.

그가 어린 시절 저질렀던 도둑질은 좀 더 치밀하고 지능적이었다. 동네 약국 카운터에서 500원씩 매일 훔쳤다고 했다. 한꺼번에 많은 돈이 사라지면 의심할 거란 판단에 매일 조금씩 돈을 훔쳤다는 것이다. 그러다 매일 약국을 방문하던 동네 꼬마를 이상한 시선으로 바라보던 주인에게 들통 나게 됐고 부모님에게만은 알리지 말아달라는 그의 소원은 이룰 수 없는 환상으로 머물렀다. 그날 밤 엄마의 눈물을 보면서 다시는 도둑질을 하지 않겠다는 결심을 했다고 한다. 마주 보고 앉아 있던 두 젊은이의 고백이 끝이 났다.

어느새 모든 이의 눈이 나를 향하고 있었다. 분명 그들의 관심은 나에게 쏠리고 있었다. 내가 했던 도둑질을 밝혀야 한다고. 그럼에도 불구하고 말하지 못했다. "마추픽추가 우리를 용서하려고 이런 자리를 마련했나 보다"라고 마무리 멘트만 날렸다. 조금 뜸을 들인 후 말하려다 보니 이미 다른 대화로 주제는 바뀌어 있었다. 뒤늦게 고백을 하려니 그것만큼 생뚱맞은 것도 없으리란 생각이 들었다. 타이밍을 놓쳐버린 고백을 어디선가 풀어내야 그들처럼 행복한 표정을 지을 수 있을 텐데. 후련하고 가벼운 마음으로 마추픽추를 오를 그들이 부럽기만 했다. 선뜻 고백을 못한 이유 중 하나는 다들 어린 시절 일이었던 반면 나는 그렇지 못했기 때문이다. 사리 분별이 확실한 나이에 저질렀던 일이기에 망설였던 것이다.

중학교 시절이었다. 교내 매점은 쉬는 시간이면 문전성시를 이뤘다. 교복을 입었기 때문에 누가 누구인지 단박에 알아챌 수 없을 정도로 학생들이 바글댔다. 매점의 인기 메뉴는 단연코 핫도그였다. 말랑말랑한 밀가루가 감싸고 있는 짭쪼름한 소시지는 아침을 굶고 온 학생들에게 인기 만점이었다. 줄을 서서 핫도그를 사게 되어 있었다면 그런 불미스러운 일은 없었을 것이다.

높게 쌓아올린 핫도그를 사이에 두고 서너 명의 판매원들이 수많은 학생들과 한바탕 전쟁을 치르고 있었다. 핫도그를 하나 들고 돈을 건네려던 찰나 친구들에게 밀려 밖으로 튀어나오게 됐다. 분명 내 손에 있던 동전을 판매원에게 건네려 했고 그도 내 동전을 받으려 했다. 그런데 타이밍을 놓친 판매원은 다른 친구의 동전을 낚아채고 있었고 이미 나는 저만치 밀려서 떨어져 나오게 됐다. 판매원은 미처 의식을 못하고 있었다. 교복 때문이었을 것이다. 내 손에 들린 핫도그는 '공짜'였다. 잠깐의 망설임 끝에 나는 친구들에게 둘러싸인 판매원에게 적극적으로 다가서지 않았다. 입엔 핫도그를 집어넣고 동전은 다시 주머니에 밀어 넣었다.

공짜 핫도그를 먹은 내가 급체로 고생했고 그 후로 죄를 뉘우쳤다면 이 모든 스토리는 권선징악으로 매듭지어졌을 것이다. 정직하고 솔직한 꿈나무로 다시 태어났다는 뭐 그런 식의 스토리였어야 했다. 그런데 현실은 그렇지 않았다. 급체는 고사하고 공짜 핫도그의 꿀맛은 지금도 잊을 수 없을 정도니 말이다.

마추픽추에 올라서서 두 청년을 다시 불러서는 솔직히 털어놓고 싶은 마음도 들었다. 그것도 마추픽추 일정에 들어 있었다. 그런데 막상 마추픽추에 올라서니 온통 머릿속은 하얘지고 아무것도 생각나지 않았다. 그냥 내 눈앞에 있는 마추픽추를 보고 행복에 빠져들었을 뿐이었다. 그 자리에 서 있는 나의 현실에 대해서 그리고 나의 운명에 대해서 형언할 수 없는 감격에 휩싸였다. 지금 생각해보니 눈앞에 펼쳐졌던 그 장관이 내 인생의 필터 역할을 했던 것 같다. 고백성사를 한 듯 편안한 마음을 가질 수 있었기 때문이다.

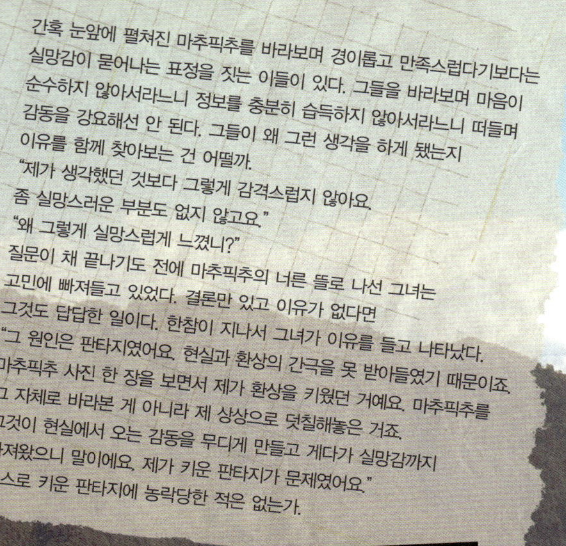

간혹 눈앞에 펼쳐진 마추픽추를 바라보며 경이롭고 만족스럽다기보다는 실망감이 묻어나는 표정을 짓는 이들이 있다. 그들을 바라보며 마음이 순수하지 않아서라느니 정보를 충분히 습득하지 않아서라느니 떠들며 감동을 강요해선 안 된다. 그들이 왜 그런 생각을 하게 됐는지 이유를 함께 찾아보는 건 어떨까.

"제가 생각했던 것보다 그렇게 감격스럽지 않아요. 좀 실망스러운 부분도 없지 않고요."

"왜 그렇게 실망스럽게 느꼈니?"

질문이 채 끝나기도 전에 마추픽추의 너른 뜰로 나선 그녀는 고민에 빠져들고 있었다. 결론만 있고 이유가 없다면 그것도 답답한 일이다. 한참이 지나서 그녀가 이유를 들고 나타났다.

"그 원인은 판타지였어요. 현실과 환상의 간극을 못 받아들였기 때문이죠. 마추픽추 사진 한 장을 보면서 제가 환상을 키웠던 거예요. 마추픽추를 그 자체로 바라본 게 아니라 제 상상으로 덧칠해놓은 거죠. 그것이 현실에서 오는 감동을 무디게 만들고 게다가 실망감까지 가져왔으니 말이에요. 제가 키운 판타지가 문제였어요."

스스로 키운 판타지에 농락당한 적은 없는가.

travel memo

"그 원인은 판타지였어요"

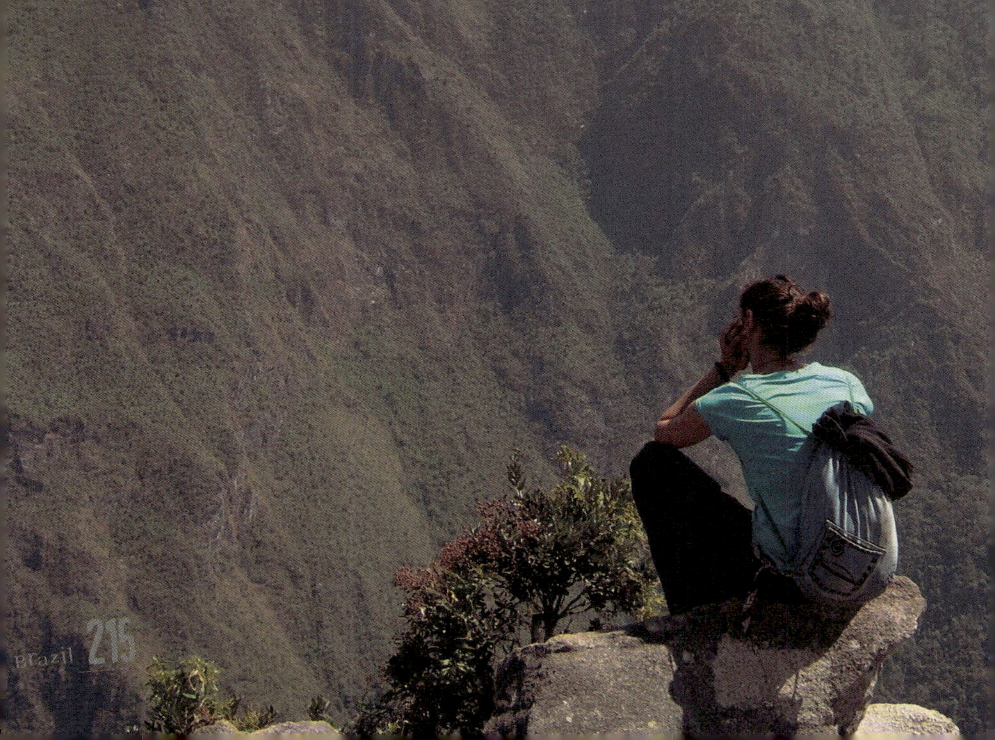

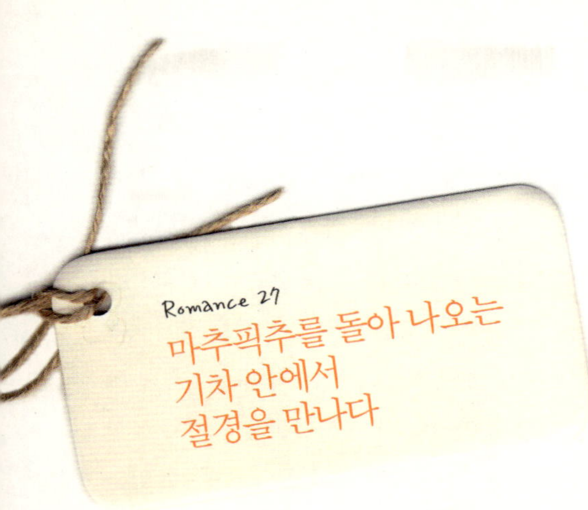

마추픽추를 향해 가던 기차 안에서 만난 설산은 마추픽추에 대한 기대감 때문인지 눈에 잘 들어오지 않았다. 짧은 감탄사를 몇 번 날리기는 했지만 쉽게 보이지도 않았고 기억에 남아 있지도 않았다. 그런데 타고 왔던 기차를 타고 마추픽추를 떠나 종착역인 올란타이탐보 마을로 다시 돌아가는 길에 설산이 보였다. 설산은 왼쪽 창가에 앉은 관광객들의 시선을 내내 따라다니고 있었다. 마추픽추에서 열정적인 밤을 지새운 탓에 기차 안에는 잠든 이들이 가득했다. 졸음이 가득한 눈에 비친 절경에 잠이 확 달아났다. 정신을 차리고 눈을 비비며 확인했다.

'산 위에 새하얗게 걸쳐 있는 것이 구름인가?'

아니었다. 가던 길에 잠깐씩 볼 수 있었던 설산이 탁 트인 창 너머로 봉우리를 드러내고 있었다. 하얀 눈이 햇빛을 만나 반짝이는 산봉우리로 변해 구름과 함께 한 폭의 그림을 연출하고 있는 것이 아닌가. 카메라를 들이대고 연신 서터를 눌러댔다. 떠나는 내게 설산은 마지막까지 감출 수 없는 아름다운 여운을 안겨주었다. 기록으로 남지 않은 잉카인의 역사는 학자에 따라 그 해석이 다른 경우가 다반사다. 혹자는 그 옛날 잉카인들에게 설산은 권력자들의 영혼이 영원히 머무를 수 있는 묘지와 다름없었다고 주장한다. 권력자가 죽으면 미라로 만들어 설산까지 운반함으로써 그들의 영혼 불멸을 지켜낸다고 믿었다는 것이다. 설산이 하늘과 맞닿아 있는 가장 높은 곳이라 여겼던 때문일 것이다. 그런데 그 먼 길을 미라를 운반해야 하는 사람들의 모습을 상상했다. 지금처럼 비행기를 타고 갈 수 있는 것도 아니고 차를 타고 갈 수 있는 것도 아닌데, 맨 몸으로 가기도 힘든 그 먼 곳으로 미라를 들고 가는 내내 그들은 어떤 생각이었을까. 심적 갈등은 없었을까. 평생을 바쳐야 할 수행은 아니었을까. 설산에 갔다가 돌아올 수는 있었을까.

1997년 미국과 페루의 합동 탐사반이 안데스산맥에서 발견한 미라 덕분에 태양신을 달래기 위해 사람을 제물로 바쳤으리라는 추측이 현실로 드러났다.

구전되는 수많은 이야기와 서서히 드러나는 역사적 사실 속에서도 설산은 여전히 아름다운 자태를 뽐내고 있었다.

기차 안에서 빨래가 가장 뽀송뽀송하게 잘 마르는 것 같다. 배낭의 짐을
줄이다 보니 특히 양말이 부족했다. 그때그때 빨아서 말리지 않으면 신을 양말이
없을 수도 있다. 신었던 양말을 다시 신어야 하는 어쩔 수 없는 상황에
봉착하지 않으려면 이동 시간을 잘 활용해야 한다. 그러면 햇볕에 잘 말린 양말을
신을 수도 있다. 기차에는 책을 읽거나 메모하기 좋게 탁자가 있다. 그 위에 빨래를
널어놓으면 순간 건조된 빨래처럼 뽀송뽀송해진다. 배낭을 메고 이동 중일 때에는
배낭에 매달아 말리기도 하고 버스 이동시에는 좌석 손잡이 등에 말린다.
단, 주변의 눈치를 살펴야 한다.
싫어하는 눈치면 재빨리 치워주는 배려심도 잊지 말아야겠다.

산속에 버젓이 염전이 보인다. 좁다랗고 잘 다듬어지지 않은 산길을 따라 저 멀리 허연 그물망처럼 보이더니 이내 어마어마한 크기로 다가왔다. 가까이 갈수록 그 실체가 드러났다. 분명 염전이다. 높은 산골짜기에 살포시 내려앉은 듯한 형상이다. 남미 여행의 매력은 바로 이런 것임을 다시 한번 느낀다. 하얀 눈을 사각 틀 안에 쌓아놓은 듯했다. 산에서 가느다란 물줄기가 흘러내린다. 기억을 거슬러 올라가보니 가까이에서 염전을 본 적은 없는 듯했다. 손가락 끝을 물줄기에 살짝 담갔다. 그리고 입 안으로 가져갔다. 짜다. 간장을 살짝 풀어놓은 듯 짜지만 끝맛은 고소하다.

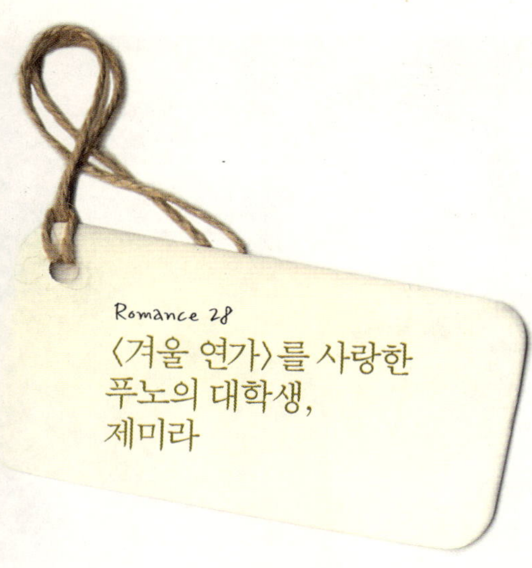

교감을 나누는 데 있어서만은 무척 촌스러운 편이다. 전화, 문자, 메신저보다는 얼굴을 마주 대하고 수다 떠는 것을 훨씬 더 좋아하는 걸 보면 그렇다. 그런 내게 메신저에 유일하게 올라 있는 친구가 한 명 생겼다.

"띠꽁" 하고 신호음이 들리고 오렌지색 바는 신호음에 맞춰 빨리 확인해달라는 듯 번쩍인다. 대화창이 떴다. 그녀가 나와의 대화를 원하고 있다. 서둘러 노트북 앞에 앉아 영문 자판을 두드린다.

"Hi."

"Hi. How are you?"

두 달이 지났지만 그녀와 대화를 나눌 때면 어느새 내 기억은 페루의 작은 도시 푸노로 달려간다. 당시 교문이 열려 있으면 꼭 들어가보고야 말았다. 우리네 교정과 얼마나 다른지 또 학생들은 어떤 모습으로 생활하는지 궁금했기

때문이다. 그리고 이미 세월이 훌쩍 지난 학창 시절에 대한 애틋함이 남아 있었는지도 모른다. 배움의 장소인 교정에서는 그 어떤 적대감이나 거부감을 느낄 수 없었다. 언제나 해맑은 아이들이 반겨주었고 느닷없는 외국인의 방문은 그들에게도 즐거움을 주었다. 그래서 더욱 친절하고 따뜻한 분위기를 느낄 수 있었다. 그날도 이른 아침 교문이 열린 교정 안으로 불쑥 들어갔다. 운동장에 빙 둘러앉아 있던 아이들의 눈이 휘둥그레졌다. 누구 하나 선뜻 다가서지 못한 채 호기심이 가득 찬 시선으로 나를 바라보고 있었다. 라틴아메리카 여행에서는 영어 실력을 발휘할 기회가 그리 흔치 않다. 땅덩어리도 넓

고 인구도 많다 보니 라틴아메리카인들은 영어의 필요성을 그다지 느끼지 못
하고 산다. 택시를 타도 택시 기사가 이렇게 묻는다.

"스페니시? 포르투기스? 잉글리시?"

그래서 "잉글리시!"라고 대답하면 그걸로 대화가 끝나는 경우가 다반사였
다. 그런데 푸노의 작은 교정에서는 자그마한 체구의 소녀가 다가왔다. 그리
고 입을 열었다.

"Hi. Where are you from?"

"Oh! You can speak English!"

그것은 반가움과 놀라움의 표시였고 그렇게 우리는 친구의 연을 맺었다. 열여섯 살인 제미라는 교사의 딸이다. 그녀의 말에 따르면 페루는 초등교육 6년과 중등교육 5년을 마치면 대학에 진학할 수 있다고 했다. 그래서 그녀는 열여섯 살임에도 불구하고 대학교 1학년에 재학 중인 여대생이다. 그녀의 입에서 익숙한 단어가 튀어나왔다.

"I love 'Winter Sonata'."

〈겨울 연가〉의 파워는 대단했다. 드라마 한 편으로 그녀는 동양 문화에 대한 관심이 깊어져 있었다. 기회가 닿는다면 한국을 방문하고 싶다고 했다. 드라마 속 아름다운 도시에 대해 꿈을 안고 산다고도 했다. 한국에 꼭 가는 것이 그녀의 꿈이라고.

제미라는 운동장에 서 있는 중년의 신사 앞으로 나를 데려갔다. 학생들 앞에 서 있던 그분은 제미라의 아버지였다. 검정 선글라스를 낀 체구 좋은 제미라의 아버지는 영어를 곧잘 하는 딸을 바라보며 흐뭇한 표정을 짓는다. 교정에서 놀던 어린 학생들이 하나둘 모여들더니 내 다리를 붙들고 말을 건넨다.

"Hi!"

뒤이어 또 한 꼬마가 말을 건다.

"Hi!"

수십 명의 아이들이 다가오더니 큰 소리로 합창하듯 외친다.

"Hi!"

할 줄 아는 영어는 "Hi"밖에 없는 듯했지만 그들은 내 대답을 얻어내기 위해 내 바지를 잡아 흔들었다. 그런 모습을 보던 제미라는 수줍어했다. 왠지 모를 반가운 마음에 꽤 오랜 시간 대화를 주고받다 보니 어느새 일정에 따라

움직일 시간이 왔다. 떠나야 한다는 내 말에 제미라가 눈시울을 붉힌다. 드라마를 통해서만 만나보던 한국인을 직접 만났다는 감동이 물밀 듯이 밀려온 것 같았다. 일정을 늦춰서 자신의 집에 머물라는 호의까지 베풀어주었다. 아쉬움을 뒤로 한 채 그곳을 떠나야 했다. 이럴 때 폴라로이드 카메라가 있었다면 하는 안타까움이 앞섰다. 그녀에게 기억에 남을 만한 선물을 주고 싶었는데 들고 있던 거라곤 지갑과 디지털 카메라가 전부였다. 지갑을 아무리 뒤져 보아도 현지 화폐 말고는 딱히 눈에 띄는 물건이 없었다. 일단 디지털 카메라로 기념사진을 찍고 이메일 주소를 주고받는 것으로 아쉬운 마음을 달래야 했다. 꼭 연락을 주고받자는 제미라의 마지막 인사에 강한 포옹으로 답했다. 이것을 일회성 만남으로 끝내지 않겠다는 다짐을 하고나서 이별을 했다. 짧은 순간에 그만큼 마음을 주고받을 수 있을까. 나 스스로 놀라고 있었다. 귀국 후 잊지 않고 그녀의 이메일로 사진을 보내줬고 그것을 계기로 채팅을 하는 친구가 됐다. 서툰 영어 탓에 주고받는 대화가 깊진 않지만 그녀를 통해 인연이란 무엇인지 다시 한번 생각하게 됐다. 여행기를 쓰게 됐다는 기쁜 소식을 그녀에게도 전했다. 그녀가 나보다 더 기뻐했다. 그런 그녀에게 깜짝 선물을 안겨주고 싶었다. 그래서 약속했다.

"제미라! 네가 알 수 있는 메시지를 적을게. 한국어를 모르니까 내 책을 읽을 순 없겠지만 그 속에 너의 자취를 담아볼게. 나중에 책을 보내줄 테니 한번 찾아보겠어?"

Hi, Yemira! Long time no see. I miss you. I'm eagerly looking forward to seeing you.

티티카카 호반의 도시, 푸노. 페루의 남부, 안데스산맥의 거의 중앙에 자리 잡은 해발 약 3850미터의 도시다. 어느 정도 높이인지 이해하기 쉽게 설명하면 한라산 위에 또 하나의 한라산이 올라가 있는 곳에 도시가 있는 셈이다. 페루 여행은 고산병과의 싸움이라고 할 수 있을 정도로 힘들다. 건강하다고 해서 고산병을 피할 수 있는 것은 아니다. 패키지여행에서 고산병을 심하게 앓는 이들이 속출하는 이유는 일정에 쫓겨 급하게 비행기로 이동하고, 충분한 휴식과 적응기를 가질 수 없기 때문이다. 물론 아무리 휴식을 취하고 고산지대에 적응할 시간을 갖는다 해도 고산 증세가 완전히 사라지는 건 아니지만 말이다. 반대로 일정이 급하다고 해서 고산병을 모두 다 앓는 것도 아니다. 다만 휴식 시

간이 넉넉하면 고산병을 다스릴 여유가 생긴다는 것뿐이다. 고산지대
에서 고산병이 나타난다면 곧바로 타이레놀을 먹는 것이 좋다. 고산병
이 심한 경우에는 고산병 약을 복용해야겠지만 은근한 두통이 지속되
면 타이레놀을 자주 복용하는 것도 한 방법이다. 약을 복용하지 않고
고산병을 이겨내면 4년간은 고산지대를 여행해도 고산병을 앓지 않게
된다는 가이드의 말이 떨어지기 무섭게 장난꾸러기 녀석이 던진 말.
"언제 또 고산지대를 여행한다고 그걸 참아요. 그냥 약 드세요!"
말이 끝나기 무섭게 그의 말을 따랐다. 여행 내내 난 고산병 약을 입에
달고 살았다. 그런데 아무래도 4년 안에 고산지대를 또다시 여행하게
될 것 같다.

CASONA PLAZA
HOTEL

호텔 조식 먹고
도둑이 되다

어린 시절에만 도둑질을 하는 건 아니란 사실을 다시 한번 일깨워주는 사건이 발생했다. 물론 나의 의도가 전혀 없었다고는 말할 수 없다. 어느 순간 이건 공짜로 넘길 수도 있겠다는 못된 심보가 발동하면서 나는 천연덕스럽게 연기를 하고 있었다. 열 살이 훌쩍 넘게 어린 동생을 공범으로 만들면서까지.

쿠스코에서 푸노로 가려면 버스로 족히 여덟 시간은 걸린다. 소요 시간이 열 시간을 넘지 않으면 그건 제대로 된 버스 여행이 아니라고 우길 정도로 장거리 버스 여행에 익숙해져 있었다. 라틴아메리카에서만큼은 말이다. 버스 안에서 어떻게 여덟 시간을 보내느냐고 놀라는 사람도 있겠지만 버스에서 밤을 지새우는 건 배낭여행객에게는 시간과 경비를 동시에 줄일 수 있는 절호의 찬스다. 쿠스코에서 푸노로 향하는 버스에 타자마자 잠이 들었다. 출발 시각은 저녁 10시였다. 밤 버스에는 히터가 나오지만 그래도 미리 침낭을 꺼내놓는 게 좋다. 침낭 안으로 쏙 들어가 잠을 청하면 호텔도 부럽지 않다. 얼마나 잤을까, 감은 눈꺼풀에 붉은빛이 아른거렸다. 얼굴 한가득 붉은 햇살이 내려앉았다. 화려한 쿠스코와는 달리 소박한 푸노의 골목길이 눈에 들어왔다. 이제 막 동이 튼 푸노의 숙소에서 짐부터 풀어야 했다. 흥정하기 나름이지만 보통 새벽녘에 도착한 관광객에게 당일의 숙박료를 받지 않는 조건으로 아침 식사는 제공하지 않는다. 다른 이들은 숙소에서 다시 잠을 청하겠다고 했지만 버스 안에서 곤히 잔 나는 잠이 오지 않았다. 아침 식사를 해야 했기에 밖으로 나와서 거리를 헤맸다. 그런데 아침 식사를 파는 레스토랑은 단 한 곳도 없었다. 간단한 토스트는 고사하고 커피 한 잔도 사 먹을 곳이 없었다. 점점 허기는 심해지는데 먹을 곳 하나 눈에 띄지 않아 떠오른 생각 하나.

"호텔에서 아침을 사 먹자. 비싸도 환율 차이가 있는데 뭐. 아침은 내가 사 줄게."

동행한 어린 동생은 좋은 생각이라며 두리번거리기 시작했다. 순간 저기 멀리 건물 입구에서 여러 개의 깃발이 나부낀다. 호텔이다. 서둘러 걸음을 재촉해 입구에 들어섰다. 입구 오른쪽으로 뷔페 식당이 눈에 들어왔다. 종업원이 묻지도 않고 그리로 안내했다. 역시 서비스 좋구먼. 온갖 음식이 수북이 쌓여 있고 음료도 종류별로 놓여 있었다. 그동안 빵과 버터 그리고 커피 한 잔에도 감지덕지하던 아침 아니던가. 뷔페는 실컷 먹어주는 것이 예의인지라 둘은 정신없이 먹어댔다. 세 번이나 음식을 가져오는 동안에도 서로를 챙기지 못할 정도였다. 배는 점점 불러오는데 우리는 묘한 갈등에 휩싸였다. 호텔 투숙객들이 자연스럽게 식당에 들어와 음식을 먹고는 그냥 나가는 모습을 보았던 것이다. 게다가 종업원들은 친절하게 인사까지 건네는 것이었다. 종업원들은 식사 중인 우리에게도 가벼운 목례를 했다. 단체 패키지여행에선 식권을 주고 식당에 들어가는 게 보통이었는데 이곳은 좀 달랐다. 그 후로도 두 번이나 더 음식을 담아다 먹었다. 그사이 동생과 나는 말없이 합의점을 찾았다. 내 생각을 그녀가 눈치 채고 있었던 것이다. 한국말을 전혀 알아듣지 못하는 외국인들 사이에서도 그 속내를 입 밖으로 꺼내진 못했다.

'그래. 이렇게 음식이 많은데, 뭐. 남기면 어차피 쓰레기통에 버려질 음식인데 불쌍한 배낭객의 배를 채워줬다 생각하면 그들도 편할 거야. 붙들리면 돈을 내면 되지 뭐.'

배에 찬 복대를 다시 한번 만졌다. 복대 안에는 밥값을 내고도 남을 만큼 두둑이 돈이 있었다.

후식으로 과일과 커피를 먹고 마신 뒤, 이후 어떤 시나리오가 펼쳐질지 점점 궁금해졌다. 어린 동생은 말없이 내 뒤를 따랐다. 식당 입구는 호텔 입구의 카운터와 맞닿아 있었다. 식사비를 받을 생각이라면 호텔 카운터에서 빙그레 웃고 있는 종업원이 우리를 부를 것이다. 그런데 우리가 성큼성큼 카운터 앞을 지나는데도 종업원은 우리를 불러 세우지 않았다. 문 밖으로 바로 나올 수도 있었지만 약간의 양심이 나를 붙들었다. 그래서 입구에 세워진 판매용 엽서 진열대 앞에 잠시 멈춰 섰다. 곁에 있던 동생의 즉흥연기도 그럴싸했다. 엽서를 구경하는 척 10여 초를 보낸 후 호텔 안의 그 누구도 우리에게 관심이 없는 걸 확인하는 순간 우리는 호텔 밖으로 튀어나왔다. 콩닥콩닥 뛰는 심장이 걸음을 재촉하고 있었다. 마음은 쪼그라들었는데 행동은 크고 빨라졌다. 그런 우리의 마음을 아는지 모르는지 종업원이 큰 소리로 뒤통수에 대고 소리친다.

분명 우리를 붙들어 세웠으면 난 식사비를 냈을 것이다. 그런데 아침을 몰래 훔쳐 먹은 도둑에게 즐거운 하루를 보내라는 인사까지 하다니. 그렇게 완전범죄를 마친 순간 다리에 힘이 풀렸다. 색다른 경험을 했다는 생각으로 스스로 위로했다.

"공짜로 호텔 조식을 다 먹었네. 너와 나는 이제 공범이야. 미안한 마음이 드는데 언젠간 갚을 거야. 어떤 방법으로든 말이지."

디지털 카메라를 꺼내들고는 호텔 전경을 촬영했다. 그리고 몇 번이고 화면을 통해 확인했다. 호텔 조식을 공짜로 먹었다는 소문은 우리의 입을 통해 동행인들 사이에 퍼졌다. 우리는 죄를 짓고도 행운을 얻은 양 당당히 떠들고 다녔다. 털어놓은 상대가 많으면 많을수록 죄책감은 줄어드는 것 같았기 때

문이다. 만일 누군가 비난했으면 더 이상 말하지 못했을 것이다. 하지만 다들 웃음으로 넘겨줬다. 마치 자기들도 그런 기회가 주어졌다면 나처럼 했을 거라는 묘한 표정을 지으면서 말이다.

긴 여행이 끝나고 그 사건을 까맣게 잊고 있는 내게 동생은 엽서를 건넸다.

"제대로 언니와 함께한 건 푸노에서의 이틀뿐이었지만 공짜 조식 사건은 무척 재미있는 추억으로 남아 있어요. 죄책감도 들지만 무슨 대단한 영웅담처럼 자랑하고 싶을 때도 많아요. 대담하고 맹랑했던 경험, 잊지 못할 거예요."

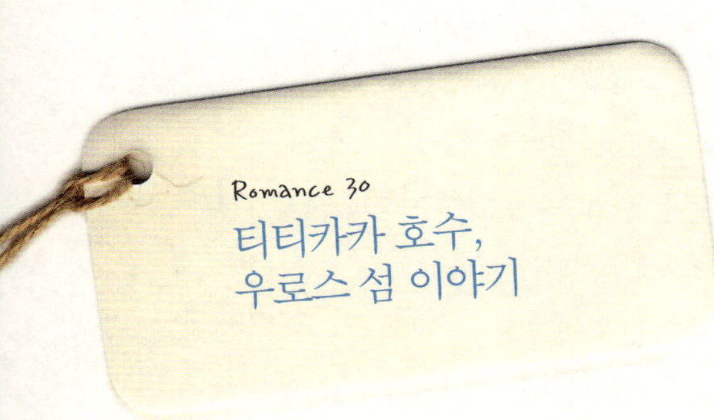

티티카카 호수는, 인간이 만들어놓은 개념이 얼마나 단편적이고 편협한가에 대해 고민하게 만드는 여행지였다. 해발 3800미터 고산지대에 호수가 있다는 사실에 놀랐고 그 엄청난 크기에 또 한번 놀랐다. 그런 티티카카 호수를 여행할 때 어처구니없는 해프닝이 벌어졌다.

"그런데 티티카카 호수는 언제 가는 거야?"

"그러게 말이야. 검푸른 바다는 충분히 봤으니까 이제 그만 호수나 보러 가면 안 되나?"

사람들이 묘한 눈빛으로 우리를 보았다. 그리고 그들 중 한 명이 장난스런 낯빛으로 불쑥 끼어들었다.

"티티카카 호수요? 두 분이 농담을 너무 재미있게 나눈다고 말하기에는 너무 진지한걸요! 여기가 티티카카 호수잖아요! 몰랐어요?"

"⋯⋯."

주위에서 폭소가 터졌다. 거기가 티티카카 호수라는 건지 아니라는 건지 웃음의 의미를 파악하기도 쉽지 않았다. 그렇게 우리가 어리둥절해하는 모습을 보고 오히려 더 당황한 건 그들이었다. 게다가 농담이었다고 우기기에는 이미 우리 얼굴이 너무 벌겋게 달아올랐다.

'우리가 배를 타고 있는 이곳이 티티카카 호수였구나. 티티카카 호수에 가는 중인 줄 알았는데⋯⋯. 이것이 호수였단 말인가.'

수평선이다. 한눈에 다 담아낼 수 없을 정도로 길고 긴 수평선이 보였다. 그 끝이 보이지 않는 수평선이 눈앞에 펼쳐져 있고 잔잔한 물살을 헤치며 하룻밤을 지낼 원주민 마을을 찾아 떠나는 여행길은 이미 시작된 뒤였다. 동해가 연상되는 검푸른 물빛을 보고 누군가가 속삭인다.

"그 작가의 과장이 너무 심했어. 이 호수의 물빛이 가장 부드럽고 아름답다더니, 아무래도 직접 와보지 않고 그냥 사진만 보고 쓴 거 아니었을까? 유

명한 호수는 꽤 봤는데 여기가 가장 남성미가 풍기는 호수 같은데……. 잔잔
하고 아름다운 느낌보다는.”

　여행을 좋아하는 이들의 말 한마디 한마디는 경험에서 나오는 것이기 때문
에 곁에서 듣는 것만으로도 상상의 날개를 펼 수 있다.

　나룻배도 아닌 모터배를 타고 머리를 흩날리며 25분간 내달렸는데도 호수
의 끝은 보이지 않았다. 대신 호수 위를 둥둥 떠다니는 우로스 섬이 기다리고
있었다. ‘토토라’라는 갈대로 만든 인공 섬에서 원주민이 생활하고 있었다.
우로스 섬에 첫발을 내디뎠을 때의 느낌은 묘했다. 부드러운 갈대를 엮어 만
든 섬이기 때문에 긴장해서 걷지 않으면 푹 꺼져버렸다. 그러다 보니 행동은
느려졌고 중심을 잡기 위해 헛손질하기 일쑤였다. 물론 그것도 얼마 지나지
않아 익숙해졌지만. 관광객들을 위해 우로스 섬 광장에서 설명이 이어졌다.
광장이라고 해봤자 스무 명 정도가 삥 둘러앉을 만한 공간이었다. 옹기종기
모여 앉은 관광객들에게 영어를 능숙하게 하는 현지 가이드와 그의 보조로

나선 원주민이 성의껏 설명을 이어갔다. 문명의 발달이 더딘 섬 주민들의 인상은 소박했다.

　주민들은 수공예품을 관광객들에게 팔아 생계를 유지하고 있었다. 그들의 삶이 그렇듯 그들의 상술도 소박하고 구수했다. 여느 상인 못지않은 배짱도 있었다. 그렇다고 뒤로 물러설 한국인은 아니지. 사실 처음엔 원주민과의 흥정이 재미있었다. 그들과 손짓과 표정으로 대화를 나누는 재미가 쏠쏠했던 것이다. 그러다 흥정에서 이겼다 싶으면 어느새 물건은 내 손에 쥐어져 있었다. 섬에서 파는 기념품은 호수의 물빛과 원주민의 알록달록한 의상 때문에 제법 귀엽고 앙증맞아 보였다. 게다가 견고해 보이기까지 했다. 내가 선택한 물건은 색을 입힌 마른 갈대로 만든 모빌이었다. 그런데 막상 한국에 가져와 펼쳐드는 순간 실소가 터져 나왔다.

　"어디 걸 데도 마땅치 않은데 뭐 하러 사왔냐? 그거 다 쓰레기 된다!"

　여행 내내 노심초사했었다. 모빌이 부서질까 봐. 모빌을 끄떡없이 지켜줄 거라면서 원주민이 꺼내든 포장지는 다름 아닌 검정 비닐 봉투였다. 나의 걱정스런 표정이 더욱 짙어지자 걱정을 덜어주겠다며 꺼내든 또 다른 포장지는 신문지였다. 그래도 고맙다며 받아들긴 했는데 배낭 안에 넣을 수는 없었다. 그날부터 배낭 손잡이에는 검정 비닐 봉투가 항상 매달려 있었다. 선물 꾸러미를 펼쳐들고 기뻐할 사람들의 얼굴을 상상하면서 거치적거려도 꿋꿋하게 매달고 다녔다. 지금은 이해가 안 되지만 당시에는 신문지로 포장한 그들의 포장법이 모빌을 지켜줄 거라 굳게 믿고 제대로 만져보지도 못했다. 그런데 그 모빌은 지구 반대편 먼 나라로 날아와 돌도 채 지나지 않은 어린 조카의 '펀치백' 으로 전락하고 말았다. 전사한 모빌, 정말 쓰레기됐다.

갈대 섬 우로스는 '토토라' 로 만들어졌다.
갈대의 크기는 4~5미터 정도로 수심이 낮은 곳에서 서식한다.
연한 뿌리는 식용으로도 사용하는데, 바나나 껍질을 벗겨내듯 깎아내면
하얀 속살이 드러난다. 토토라 뿌리를 한 입 베어 문 관광객들의 입에서
단물 빠진 사탕수수 같다는 둥, 파를 잘근잘근 씹는 맛이라는 등
다양한 표현들이 튀어나왔다. 원주민들은 식용으로 사용한다지만
'네 맛도 내 맛도' 아닌 참 맛없는 음식이었다.

travel memo
난해한 맛 토토라

아만타니 섬,
원주민 나티의 집에서

아만타니 원주민들과 이제 막 도착한 관광객들이 대치하고 있다. 이제부터는 어떤 원주민을 선택하느냐에 따라 전혀 다른 상황이 펼쳐질 것이다. 비슷한 복장의 원주민들을 찬찬히 훑어보다가 커다란 눈망울과 마주쳤다. 열일곱 살의 나티였다. 나티의 손을 번쩍 들어올린 현지 가이드가 채 입을 열기도 전에, 나와 세 살 위인 언니가 손을 빳빳이 들었다. 그리고 나이 어린 남동생마저 뒤늦게 따라붙었다. 나티의 뒤를 따라 세 명의 관광객은 그녀의 집으로 향했다. 그 뒤로도 한참 동안 원주민과 관광객의 짝짓기는 이어지고 있었다. 광장에서 10여 분 걸어 내려가자 그녀의 아늑한 집으로 통하는 좁다란 대문이 보였다. 그녀의 이층집은 어린 시절의 기억을 되살아나게 했다. 널찍한 계단을 올라서면 항아리와 화분이 놓인 장독대가 있었다. 당시에는 계단을 한 칸씩 밟고 올라가기가 쉽지 않았고 난간이 없어 공포감까지 극에 달했다.

그런데도 한사코 그곳에 올라가려 애를 쓴 건 동네 전체가 한눈에 들어왔기 때문이었다. 파랑 빨강 알록달록한 기와도 보이고, 나를 달가워하지 않던 옆집 개와 눈싸움 한판을 벌일 수도 있었다. 그 녀석을 약 올리는 장소로 장독대는 그만이었다. 지금은 그런 구조의 집들이 거의 사라지고 없다. 나티의 집에서 어린 시절의 나를 만날 수 있었다.

하룻밤 묵을 방에는 침대 세 개와 나무 테이블밖에 없었다. 테이블 위로 작은 창문이 있었는데 창문 너머로는 나티의 뒤뜰이 보였다. 집 밖으로 나와 눈앞에 펼쳐진 전경을 감상했다. 티티카카 호수가 눈앞에 끝도 없이 펼쳐졌다. 또다시 의심이 고개를 들었다.

'이건 완전히 바다인데……. 나티는 바다를 보면 어떤 느낌이 들까?'

바다는 바다고 호수는 호수인데 또다시 바다와 호수를 비교하는 나를 발견했다.

나티가 곁에 다가오더니 손목시계를 가리키며 저녁 식사 시간을 알려줬다. 따로 알려주지 않아도 알아서 먹으러 오라는 말이었다. 저녁 식사 시간이 다가오자 고소한 냄새가 코를 찔렀다. 허기진 데다 방 안에 감도는 차가운 냉기로 한기가 느껴졌다. 낮에는 햇살 때문에 그나마 견딜 만하지만 밤에는 추울 듯했다. 히터는 고사하고 전깃불도 없었다. 그나마 침대 위에 알파카 이불이 놓여 있어 안심이 되었다. 나티의 집을 방문했던 수많은 관광객들은 추운 밤, 알파카를 온몸에 감싸고 체온을 지켰을 것이고, 나 또한 예외일 수는 없었다. 가져온 침낭을 알파카 이불 안에 깔아놓으며 약간의 위안을 느꼈다. 어느덧 저녁 시간이었다. 계단을 내려와 나티가 알려준 곳으로 향했다. 우리네 시골 부엌과 비슷했다. 식탁도 이미 차려져 있었다. 제법이다. 스페인어도,

영어도 못하는 나티가 원주민 언어로 자신을 소개했다. 정확히 이해할 수는 없었지만 막내인 나티만이 섬에 남아 부모님과 함께 살고 있다고 했다. 섬 밖으로 나가 성공을 꿈꾸는 다른 형제들과는 달리 그녀는 이곳에 남길 원한다고도 했다. 같이 먹자는데도 그녀는 스프, 감자, 치즈 등 소박한 현지 음식을 건넨 뒤 사라졌다. 그녀와 그녀의 가족들은 식사가 거의 끝날 무렵 다시 나타났다. 후식으로 따뜻한 커피 한 잔과 고산 증세를 가라앉혀준다는 차를 내놓았다. 여유롭게 차를 마시던 우리를 빤히 쳐다보던 그녀가 보따리를 꺼내 테이블 위에 펼쳐놓는다. 그녀가 직접 뜨개질한 모자와 망토였다. 난감했다. 채소화가 되기도 전에 그녀는 기념품을 꺼내놓은 것이다.

　"이렇게 하지 않으면 먹고살기 힘들겠지. 아무리 투어비를 내고 하룻밤을

머문다고 해도 많이 안 남을 거야. 그리고 처음부터 이러진 않았을 텐데, 관광객들이 많이 찾으니까 미리 꺼내놓게 된 것이겠지. 근데 참 소화 안 된다.”

사고 싶은 마음이 들지 않는 데다가 조금은 섭섭한 생각도 들어서 머쓱한 웃음이 자꾸 새어나왔다. 그 모습을 지켜보던 나티는 한참을 서성이더니 이내 보따리를 걷어가버렸다. 나티와 그녀의 엄마는 계속 속삭였다. 전혀 알아들을 순 없지만 대략 무슨 내용인지 짐작할 수 있었다.

“기념품 안 팔아줬다고 내일 아침 식사에 이상한 걸 섞는 건 아니겠지.”

우리끼리 히죽히죽 웃으며 ‘나쁜’ 농담을 주고받았지만 찜찜한 구석이 없는 건 아니었다. 광장으로 다시 모이기로 한 시각이 다가왔다. 복잡한 심정을 훌훌 털고 일어났다. 일몰이 아름답기로 유명한 이 섬의 정상에 함께 가보기로 했기 때문이다. 나티의 안내로 광장에 도착한 나는 더욱 당황스러운 광경을 보게 됐다. 광장에서 흩어졌던 관광객들 대부분이 모자나 망토를 두르고 있는 것이 아닌가. 저녁 식사 시간에 나티가 꺼내든 것과 색상만 다를 뿐 비슷한 모양의 모자와 망토였다. 다들 사준 것이다. 갑자기 미안한 마음이 들었다. 우리를 광장으로 안내한 뒤 어디론가 사라진 나티를 찾았다. “나티”를 힘차게 외치며 현지인들에게 그녀가 간 곳을 물었다. 어디선가 홀연히 나티가 나타났다. 그녀에게 내 머리를 가리키며 말했다.

“나티! 이거! 이거! 가져와! 사줄게!”

한국어로 말하는데도 손동작만으로 내 뜻을 파악했다. 눈치 빠른 나티다. 조금 전까지만 해도 물건을 팔지 못한 나티가 전혀 티 내지 않고 우리에게 친절을 베푼다고 생각했었다. 그런데 내 동작을 알아챈 그녀는 지금까지 보여주지 않았던 환한 미소를 지었다. 그리고 집을 향해 엄청난 속도로 달음박질

쳤다. 고산 증세를 앓고 있던 나는 상상도 못할 속도였다. 걸어서 꽤 먼 거리였다고 생각했는데 불과 몇 분 만에 나티가 물건을 들고 나타났다. 모자를 집어 들자 흐뭇한 표정을 짓는다. 입이 귀에 걸렸다는 표현은 이럴 때 사용하는 거였다.

아만타니 섬에서의 시간이 환상처럼 느껴진 건 그날 밤이었다. 전깃불 들어오는 가구가 손가락으로 셀 정도밖에 없다 보니 섬 전체가 깜깜한 암흑이었다. 달빛이 그렇게 밝은 줄 그때 처음 알았다. 광장으로 나가기 위해 손전등을 들고 나티와 걸었던 그 길을 되짚어 나갔다. 시골 길이 때로 복잡하고 의심스러운 건 비슷한 골목이 많기 때문이다. 광장에 있는 자그마한 가게에서 맥주를 샀다. 그리고 광장의 의자에 걸터앉았다. 환자가 밤에 더욱 아픈 건 고요한 정막 때문에 증상이 두드러지게 느껴져서일 것이다. 그래서인지 숨을 깊이 들이쉬지 않으면 가슴이 답답해지곤 했다. 게다가 두통이 또다시 밀려왔다. 나를 제외한 두 사람은 고산 증세를 알코올에 섞어 마셔버리기라도 하려는 듯 맥주에 푹 빠져버렸다. 그리고 알코올은 그들을 시인으로 만들었다.

"캬, 달빛 먹는 맛이 죽이네."

달빛 아래 우리 세 사람뿐이었다. 온통 어두컴컴한 광장에서 홀짝홀짝 마시는 맥주 맛은 가히 일품이었던 것 같다. 두 사람의 얼굴이 말 그대로 행복으로 가득했다.

그때 가게 주인이 다가왔다. 눈꺼풀을 반쯤 감은 채로 우리를 향해 걸어왔다. 그러더니 맥주를 가리키면서 뭔가 한참을 이야기했다. 처음엔 전혀 알아들을 수 없었다. 섬 주민들은 도무지 이해하기 힘든 언어를 쏟아냈다. 우리가 무척 난감해하자 그는 행동으로 보여줬다. 빈 병을 다시 가게로 가져다달라는 거였다.

"깨질까 봐 그러나? 여기 의자에 곱게 모셔두고 가면 안 되나? 저렇게 졸린 데도 우리가 다 마실 때까지 기다릴 모양이야. 그냥 대답이나 해주자!"

가게 주인은 대답을 듣고 나서야 되돌아갔다. 그 후 30분이 지나서 주인을 또다시 보게 되었다. 그는 잔뜩 졸음에 절은 걸음걸이로 다가와서 환한 미소를 지으며 이야기했다. 알 수 없는 단어들이 달빛 하늘 아래 맴돈다. 미안한 마음에 우리는 더욱 열심히 이해하려 했다. 그런 모습이 안쓰러웠는지 그는 다시 행동으로 보여줬다. 빈 병을 가게 안쪽에 넣어달라는 것이었다. 빈 병 세 개 때문에 그는 잠을 설치고 있었다. 꼭 그렇게 하겠노라고 다짐하며 거수 경례까지 했다. 나중에 알게 된 사실이지만 병 값이 맥주 값의 10분의 1 정도라고 했다. 섬에선 빈 병을 더 비싼 값에 회수한다는 것이다.

빈 병을 모아뒀다가 동네 슈퍼에서 과자와 바꿔 먹던 시절이 있었다. 폐품을 수집한다는 가정 통신문을 받아들고는 신문지와 다 쓴 공책을 차곡차곡 곱게 정리하고 부족하다 싶으면 아껴둔 빈 병 한두 개를 더 들고 등교했던 추억도 있다.

머나먼 섬에서 재활용품 수거일을 기다리며 아파트 베란다에 수북이 쌓여 있는 빈 병들이 가물가물 떠올랐다.

분명 제대로 보고 두뇌에 저장해두었는데 엉뚱한 게 튀어나오는 경우가 있다. 난 분명 여행서에서 '테킬라 섬' 이라고 봤다. 그리고 그 단어 그대로 입력해뒀다. 난 그렇게 믿고 있었다. 아니, 믿는다는 거창한 표현도 필요 없었다. 다음 행선지는 분명 입 안 가득 달달한 향을 머금게 만드는 '테킬라 섬' 이었으니까. 아만타니 섬에서 벗어나 도착한 테킬라 섬. 그곳에 발을 내딛자마자 나는 큰 소리로 외쳤다.
"테킬라 섬이다. 내가 좋아하는 테킬라가 생각나네.", "푸핫. 무슨 테킬라예요! 타킬레 섬이지!", "어머! 무슨 소리야! 테킬라야!", "에이! 아니

250

라니까요. 타킬레라니까요!” 모든 시선이 나를 향하고 있었다. 순간 알
았다. 지지하는 눈빛은 분명 아니라는 걸. 그래도 나의 우김은 멈추지
않았다. “테킬라 섬이라고 난 분명히 봤거든. 외국어라 좀 다르게 발음
될 수도 있는 거겠지.” 그러나 누구 하나 내 편을 들지 않는다. 강하던 자
신감은 책망으로 변해갔다. ‘고산병 때문일 거야. 벌써 치매 증상이 나
올 리는 없고.’ 당당하던 기세를 감추고 천연덕스럽게 다시 관광을 시
작했다. 타킬레 섬 관광을.

LATIN ROMANCE
PERU

MICAELA'S LOCUTORIO
INTERNATIONAL
CALLS
DOWNLOAD ANY
MEMORY CARD TO CD
MONEY EXCHANGE

LLAMADAS
INTERNACIO

제4장 볼리비아와의 로맨스

볼리비아의 면적은 한국의 11배다.
행정상의 수도는 라파스, 헌법상의 수도는 수크레다.
남아메리카 대륙의 중앙에 위치한다.
안데스산맥과 아마존 열대지역이 영토의 대부분을 차지하고 있다.
국민의 66퍼센트가 가톨릭교를 믿는다.
스페인어와 케추아어 그리고 아이마라어가 공용어다.
화폐 단위는 Bs로 볼리비아노다. 국기는 빨간색, 노란색, 초록색으로 나뉜다.
빨간색은 독립 투쟁을 위해 흘렸던 피를, 노란색은 풍부한 광물자원을,
초록색은 산림자원을 상징한다. 문장은 포토시의 언덕과 콘도르 등을 표현한 것이다.

티티카카 호수 주변에서 약 3000년 전 고대문화가 시작됐다.
약 10세기경 페루의 쿠스코를 배경으로 세력을 넓혀온
잉카족이 침입하면서 16세기경부터 볼리비아의 역사가 시작됐다.
18세기 후반 남미 전 지역에서 독립운동이 활발히 전개되자
볼리비아에서도 저항이 시작되었다. 볼리비아 여행의 꽃은 우유니 사막 투어다.
투어는 여름과 겨울 모두 매력적이다.
국내에서 황열병 예방접종을 한 뒤 검역 카드를 제시해야 볼리비아 입국이 허용된다.
티티카카 호수 주변의 송어 요리가 유명하다.

찬물 더운물
가릴 때가 아니야

느닷없이 방 안을 서성였다. 제자리 뛰기 열 번에 토끼뜀은 스무 번. 내친 김에 기억을 더듬어 국민체조를 시작했다. 이 정도면 견딜 만할 것이다. 이것 저것 속옷과 옷가지들을 챙겨서 후다닥 목욕탕으로 향했다. 체온을 빼앗기 기 전에 빨리 해치워야 한다. 오늘도 어김없이 따뜻한 물은 기대하기 힘들 것 이다. 미지근한 물이라도 한 방울 더 나올 때 샤워를 해야 했다. 찬물과 더운 물 수도꼭지는 있다. 그런데 더운물 수도꼭지는 헛바퀴를 돈다. 제대로 작동 하나 싶으면 꾸르륵꾸르륵 빈 수도관 소리만 터져 나온다. 난감한 표정을 지 으며 멍하니 서 있어봤자 소용없다. 손에 적신 물로 심장 부위부터 마사지를 했다. 독한 마음 먹고 샤워를 해야 한다. 머릿속으로 더운 여름 날씨를 상상 한다. 비오듯 땀을 흘리던 텁텁한 무더위를 아무리 그려보아도 역부족이다. 어느새 입에선 차가운 신음 소리가 살짝 터져 나왔다. 어휴.

그래도 그나마 그건 나은 상황이었다. 나오던 찬물마저 그 줄기가 점점 약해지더니 맥없이 졸졸졸 떨어진다. 이러다 찬물마저 뚝 끊기는 날엔 낭패 아닌가. 추위보다 더 큰 두려움은 단수다. 잔뜩 부풀어 오른 거품부터 걷어내고 날랜 손놀림으로 마무리를 지어야 한다. 물줄기는 더욱 약해지더니 벽면을 타고 물이 흘러내린다. 벌거벗은 몸을 벽에 찰싹 붙이고는 비눗물을 씻어내려 안간힘을 쓴다. 차디찬 타일은 고문하듯 살갗을 엔다. 하지만 비눗물을 말끔하게 씻어내야 한다. 체온으로 타일마저 미지근해졌다. 이젠 끝이다. 겨우 샤워를 끝냈다. 입에선 김이 모락모락 피어오른다. 거울에 비친 내 모습이 보였다.

'지금까지 뭐 한 거지. 누가 봤다면, 미친 처자가 따로 없다고 하겠군.'

젊으니까 이 정도는 아무것도 아니지, 이 정도는 견뎌야 여행다운 여행을 했다고 말할 수 있다고 아무리 위로를 해도 꺼림한 마음을 지울 수 없었다. 원망할 대상이 선뜻 떠오르지 않는다. 값싼 숙소를 얻었으니 주인에게 화풀이를 할 수도 없는 노릇이고, 값싼 숙소를 얻을 수밖에 없는 내 처지를 비관하자니 복대에 여행 경비는 무지하게 남아 있었으니까. 수건걸이에 걸어놓은 복대에서 달러를 꺼내들었다. 100달러와 50달러짜리 수십 장이 손에 잡혔다. 그것으로 위안을 삼을 수밖에.

그러나 이 정도는 아무것도 아니라고 할 수밖에 없을 만큼 고통스런 사건이 벌어졌다. 며칠이 지나지 않아서였다. 아무리 찬물이 괴로워도 샤워를 해야 한다는 생각엔 조금의 흔들림도 없었다. 여행까지 와서 하루 이틀 정도는 그냥 지내보아야 진정한 배낭여행자가 아니겠느냐는 말을 뒤로 한 채 그날도 어김없이 목욕탕으로 향했다. 양말까지 한꺼번에 빨 요량이었다.

목욕탕에서 찬물과 더운물의 수도꼭지를 조심스레 틀었다. 따뜻했다. 틀어놓으면 더운물이 다 빠져나갈까 봐 샴푸와 비누칠부터 했다. 저 정도의 따뜻함이라면 몇 분간 충분히 나올 거란 판단이 섰다. 비누칠한 양말은 발로 밟고 있었다. 동시에 여러 일을 할 수 있는 나만의 노하우였다. 그리고 따뜻한 물을 틀었다. 우와, 여전히 따뜻하다. 따뜻하다 못해 뜨겁기까지 하다. 동작은 더욱 빨라졌다. 모든 일을 재빨리 해치워야 한다. 그 순간, 앗! 뜨거워. 정수리에 구멍이 나는 줄 알았다. 뜨거운 물이 집중적으로 쏟아 내린 그 자리를 손으로 더듬었다. 별 이상은 없는 것 같았다. 어깨와 등으로 흘러내린 뜨거운 물줄기가 엄청난 고통을 주었다.

찬물 수도꼭지를 급하게 비틀었다. 꾸르륵. 빈 수도관 소리다. 찬물이 안 나온다. 당연히 나와야 할 찬물이 안 나오는 것이다. 찬물이 안 나올 줄은 몰랐다. 뜨거운 물이 안 나오는 것과 찬물이 안 나오는 것은 엄청난 차이였다. 단 1초라도 뜨거운 물줄기를 맞을 수 없었다. 그건 견딜 수 있는 고통의 차원이 아니었다. 찬물은 비할 바가 아니다. 뜨거운 물만 나오니 아예 목욕을 할 수 없었다. 일단 물줄기를 확 줄여 벽면의 차가운 타일을 타고 흐르게 했다. 타일에 의해 식혀진 물줄기를 양손으로 받아 씻기 시작했다. 너무 속도가 느려 조금 더 수도꼭지를 틀었다. 그리고 차가운 타일에 손과 등을 마구 비벼대며 뜨거운 물과 사투를 벌여야 했다. 말끔히 씻겨진 건 아니었지만 대충 마무리를 지었다. 뿌옇게 김이 서린 거울을 손으로 훔쳐내자 물방울 사이로 내 모습이 보였다. 웃음이 났다. 서울에서였다면 짜증이 났을 일인데 그저 웃음만 깔깔깔 터져 나왔다.

샤워 시설이 열악해서 시원한 샤워를 하지 못했더라도, 섭씨 70도 가량의 뜨거운 물에 살갗을 데었더라도 즐겁기만 한 것, 그것이 여행인 것 같다. 비싼 호텔에서의 편안한 여행도 좋지만 도미토리나 싼 민박집에서 허술한 편의 시설들과 사투를 벌이는 일도 꽤 낭만적이다. 라틴아메리카에서라면!

"지금도 흉터가 남아 있더라." 여행 막바지에 허벅지 피부에 트러블이 생긴 언니를 만난 건 귀국 후 한 달이 지나서였다. 만나자마자 했던 질문에 대한 답이었다. 따뜻한 물이 나오지 않는 지역을 여행할 때면 꼼꼼하게 닦아내지 못했을 것이고 뜨거운 물이 나오는 곳에서는 노곤해질 때까지 샤워를 한 게 이유라면 이유일까. 한 달 동안 때 한 번 밀지 않고 샤워만 했으니 매끄러운 피부를 유지하는 것이 무리였을 것이다. 여행이 20일이 넘어서면서 피부에 트러블이 생겼다는 이들이 속출했다. 까칠해진 손은 기본이고 허벅지와 뒤꿈치, 팔꿈치 등에는 각질이 일어났다. 흔히 구할 수 있는 베이비오일과 베이비크림을 들고 다니면서 틈틈이 발라주는 것이 피부를 보호하는 데 도움이 된다. 여행을 떠나기 전 준비하지 못했다면 현지에서 브랜드를 믿고 구입하게 되는데, 간혹 첨가물이 다른 상품을 구입하여 낭패를 보기도 했다. 피부를 회복하는 데도 만만치 않은 시간과 노력이 들 수 있으니 여행 중에도 관리해주자. 아무리 여건이 좋지 않더라도 자주 씻어주자. 벌레는 달달하게 땀이 밴 피부를 좋아한다. 벌레 공격을 피하기 위해서라도 잘 씻어주자.

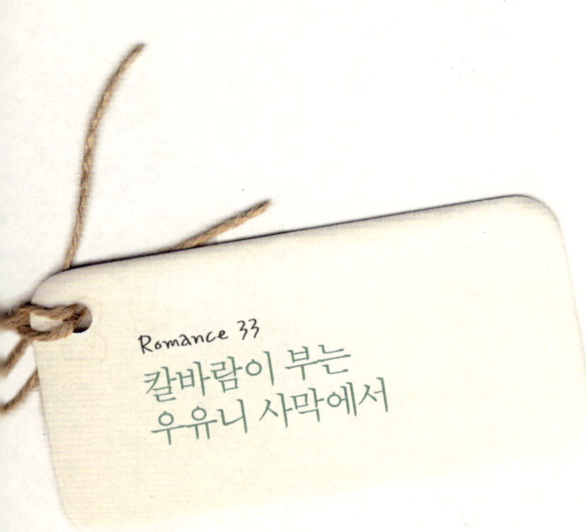

두 명에게서 동시에 문자가 왔다. 짜맞춘 듯 나란히 울린 벨 소리에 핸드폰을 열었다.

"언니, 날씨가 갑자기 추워졌네요. 우유니 사막에 있는 것 같아요. 감기조심하세요."

"많이 추워졌어요. 건강 조심하세요. 우유니 사막보다는 약하죠!"

두 번 다시는 경험하고 싶지 않은 곳 중 하나였다. 제대한 남자들은 자다가도 문득 군대가 아니어서 감사한다는 우스갯소리를 들은 적이 있다. 딱 그 심정이다. 귀국 후 추위가 몰아치는 날이면 어김없이 우유니 사막을 떠올렸다. 그리워서는 아니다. 발가락 하나하나가 너무 시려워서 잠을 이룰 수 없을 정도의 추위를 겪었으니 결코 잊을 수 없는 추억인 건 확실하다.

라구나 코로라다 주변에 있는 숙소에 머물게 되리라는 이야기를 듣고 고생

좀 하겠다고 귀띔하는 사람이 있었다. 그래도 여행지에서의 고생이 대수냐고 생각했다. 그런데 그날 저녁은 내 평생 잊을 수 없는 추위와 싸워야 했다. 매서운 칼바람이 불어와 밖에 나갈 엄두도 내지 못했다. 난로에 둘러앉아 커피를 마시며 수다를 떠는 정도밖에는. 여기저기서 카드 놀이로 지루함을 잊으려는 이들이 눈에 띄었다. 그 와중에도 술 파는 곳은 어디든지 있었다. 디지털 카메라의 배터리는 이미 방전된 지 오래였고 고양이 세수로 버틴 지도 벌써 이틀째였다. 습관도, 경직된 사고도 없는 무(無)의 상태였다. 저녁 7시부터 9시 반까지만 전깃불이 들어왔다. 그 시간에 맞춰 배터리를 충전해야 하지만 기다리는 사람들이 워낙 많다 보니 그것마저도 여의치 않았다. 배터리만 충전할 수 있다면 전깃불이 없어도 그다지 걱정스럽지 않았다. 밤새 무엇을 할 것인가에 대한 고민들만 무성할 뿐.

거뭇거뭇 어둠이 내리깔리고 실내에 거센 바람이 밀고 들어오기 시작했다. 난로의 숯도 꺼져가고 있었다. 방 안에는 두 줄로 놓인 침대만 일곱 개였다. 벽돌로 쌓아올린 침대에는 알파카 이불 한 장이 깔려 있었다. 추위를 막기 위해 침낭을 꺼내 온몸에 둘둘 말았다. 추위를 이겨내기 위한 몸부림이 무색할 만큼 추위는 그 강도를 더해갔다.

알코올 기운으로 추위를 녹여보려는 시도가 시작됐다. 이미 그중 한 명은 고산 증세로 녹다운 상태. 그냥 버티기 대회에 나온 사람들처럼 엄숙하게 술을 마셔댔다. 전깃불도 없이 촛불 하나에 모든 것을 의지했다. 입술은 파르르 떨리고 손끝은 차디차게 변해갔다. 술도 다 떨어지고 이제 잠을 청하지 않으면 다음 날 일정에 차질을 빚을 것이다. 이른 새벽부터 이동해야 하기 때문에 서너 시간밖에는 잘 수 없었다. 화장실에 가려는 이들은 한데 어울려 복도 끝으로 향했다. 따뜻한 물은 고사하고 차가운 물도 언제 단수될지 모르는 열악한 상황이었다.

"이것이 우리의 일상은 아니잖아요. 여행에서나 맛볼 수 있는 경험이지요. 디데이가 있어서인지 하나도 힘들지 않아요."

젊음은 좋은 것이다. 당연한 진리 앞에 마음도 가라앉았다. 겨우 침대 안으로 들어가 누운 나는 머릿속이 하얗게 굳어가는 듯했다. 부들부들 떨리는 몸을 아무리 움츠려도 진정이 안 되었다. 그때 옆자리에 누워 있던 언니가 불렀다.

"수정아! 같이 잘까?"

대답보다 행동이 앞섰다. 왜 그 생각을 못했을까. 좁은 일인용 침대에 둘이 누우니 온기가 느껴졌다. 돌돌 말은 내 이불 위로 언니의 이불이 겹쳐졌다. 페루에서의 일이 스치고 지나갔다. 어느새 잊고 있던 페루의 지진이 떠올랐다. 그때도 언니는 나를 구하러 달려왔다. 따뜻한 마음에 따뜻한 체온이 느껴지면서 스르르 잠이 들고 말았다. 간간이 언니가 보듬어주는 손길이 느껴졌다. 어느새 새벽이 밝아오고 잠을 깨우는 운전기사의 커다란 목소리가 들렸다. 식사부터 운전까지 책임지고 있는 아저씨는 나보다 어렸다. 추위 탓인지 좀 늙어보였다. 아침부터 동생들이 웅성대는 소리가 들렸다.

"수정이 누나 안 보이던데……. 어디 간 거야?"

침대가 비어 있는 걸 보고 걱정했던 모양이다. 언니와 함께 침대에서 일어나 서로 얼굴을 마주하고는 웃음을 터뜨렸다. 어깨는 잔뜩 움츠린 채.

"언니! 저 너무 추워서 미쳐버리는 줄 알았어요."

"나는 네가 계속 이불도 덮어주고 안아줘서 잘 잤는데……."

"그랬어요? 와! 언니! 너무 고마워요. 근데 잠을 잔 것도 아니고 안 잔 것도 아니고 아주 찌뿌드드해요."

해가 뜨기도 전인데 노천 온천으로 출발해야 한다고 서두른다. 가방 속에는 노천 온천에서 입을 꽃무늬 수영복도 들어 있었다. 그런데 수영은 고사하고 추위에서 벗어나기만 해도 살 것 같았다.

"빨리 여기서 벗어나고 싶어요. 견디기 너무 힘들어요. 내가 왜 돈 주고 이 고생을 하는 걸까요?"

"사막 투어는 원래 다 이래. 텐트만 치고 자는 사막 투어도 있어. 별을 바라보면서 잠을 청하는데 얼마나 아름답던지. 추운 것은 하루만 지나면 잊혀지지만 아름다운 별밤은 두고두고 기억에 남잖아. 우리 행복하게 생각하자."

맞는 말인데 대꾸도 안 했다. 얄밉다. 나약한 정신의 소유자이거나 추위라면 질색인 사람이거나 잠자리가 까다로운 사람이라면 사막 투어는 좀 더 고민해보길 바란다. 쉬운 여행지는 절대 아니다.

우유니 소금 사막을 가려면 수도 라파스에서 출발하는 버스를 타고 장장 열다섯 시간을 가야 한다. 오후 3시경에 출발한 버스는 다음 날 새벽 6시가 되어서야 도착했다. 사막 투어는 도요타 랜드크루즈를 타고 출발한다. 거친 사막을 달리는 사막 투어는 그 자체만으로도 스릴 넘친다. 점심 시간이 다가오자 선인장 섬인 이슬라 페스카도에 차를 세웠다. 운전기사는 홀로 식사 준비를 하더니 소금으로 만든 탁자에 천을 깔고 포크와 나이프를 가지런히 놓는다. 소금 호텔과 호수, 빛깔 고운 플라밍고까지 자연 그대로의 모습을 볼 수 있다. 사막에 있는 숙소들 대부분은 물이 귀하다. 2~3헤알을 추가로 내면 미지근한 물로 샤워할 수 있다.

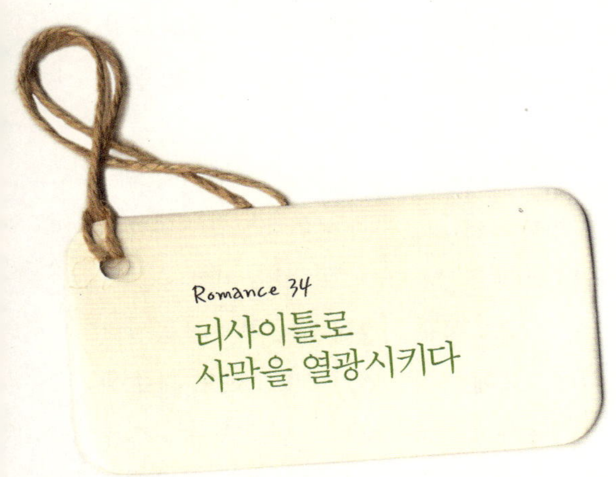

리사이틀로
사막을 열광시키다

우유니 사막 투어 첫째 날. 숙소가 있는 산후안 마을에 도착한 뒤 여장을 풀기도 전에 하나둘 마당으로 모여들었다. 즐길 만한 놀이 시설을 기대한 건 아니지만 다음 날 출발 시각 전까지 할 일이 없었다. 산책을 즐기거나 커피 한 잔을 기대하는 건 있을 수 없는 일이었다. 그때 마당에 나뒹굴던 굵직한 나무 조각을 발견했다. 야구 방망이로 딱이었다. 노점상에게서 구입한 공이 떠올랐다. 공이라고 해봤자 겉은 천으로 싸여 있고 안에는 콩이 잔뜩 든 장난감이었다. 야구가 시작됐다. 해발 3700 미터에 육박하는 사막 한가운데에서 동네 야구를 했다. 부족한 인원은 숙소에서 어슬렁거리던 현지인들을 끼워 넣었다. 매끄럽게 다듬어지지 않은 나무를 들고 투수가 던지는 콩 주머니를 내리쳤다. 나무에서 튀어나온 가시가 손바닥을 쿡쿡 찔러댔다. 그런데도 나무 조각을 놓칠세라 꼭 움켜쥐고는 날아드는 공을 날려버렸다. 바스러진 돌로 1루, 2루 그리고 3루를 표시해놨는데 타자가 슬라이딩하면서 밀려 나갔다. 짐 정리를 하던 이들도 슬슬 모여들더니 구경하기 시작했다. 몇 번 홈을 밟고 나니 질렸다.

"다른 게임 할까?"

우르르 몰려간다. 다음 게임을 찾아야 하니까. 바람 빠진 축구공에 바람을 넣다가 터져버렸다. 고산지대라는 걸 깜박했다. 동네 꼬마가 눈치껏 공을 들고 왔다. 오랜만에 해보는 피구다. 상대의 몸을 겨냥해 있는 힘껏 공을 날렸다. 한 대 맞으면 승부욕이 생겨 스포츠에 빠지는 건지도 모르겠다. 지금 생각해보면 어린 시절 즐겨 하던 '무궁화 꽃이 피었습니다' 나 고무줄 놀이를 하지 않은 게 후회가 된다. 그때는 생각을 못했는데 현지 꼬마들과 함께 했으면 재밌었을 법한 게임이었다.

점점 어둠이 짙어지자 흐릿한 전깃불이 숙소를 밝혔다. 페인트로 대충 칠해놓은 벽면에 간이 침대가 썰렁하게 놓여 있었다. 거창한 숙소를 예상했던 건 아니지만 문득 서울 시내 뒷골목의 주막이 떠올랐다. 아는 사람만 가는 그런 술집! 막걸리 한 잔에 파전을 생각나게 하는 분위기다. 그때 자극적인 냄새가 코끝을 찔렀다. 휴대용 버너에 올려진 커다란 냄비에선 라면 스프 냄새가 진동했다. 보글보글 끓고 있는 라면 스프에 감자와 양파가 둥둥 떠 있다. 그리고 비닐 봉지를 들고 나타난 녀석. 주물럭 주물럭 비닐을 계속 만지작거린다. 반죽을 차지게 하려고 끊임없이 주물러대는 것이다. 예사 솜씨는 아니었다. 라면 스프 국물이 걸쭉하게 끓어오르자 손으로 툭툭 반죽을 던져 넣는다. 불과 한 시간 전에 닭고기에 스프까지 든든하게 먹었는데도 침이 꿀꺽 넘어갔다. 분위기에 맞게 술잔이 오갔다. 라면 스프 국물과 수제비를 먹으며 분위기

는 점점 무르익어갔다. 누구인지 정확히 기억은 나지 않지만 노래가 흘러나
왔다. 아주 자연스럽게. 무반주로 들려주는 노랫소리는 사막의 어두운 밤하
늘에 울려 퍼졌다. 촛불을 사이에 두고 피곤에 지쳐 있는 이들에겐 자장가처
럼 들렸을 것이다. 노래 배틀이 이어졌다. 목소리가 허스키한 녀석이 노래를
거칠게 부르면 재즈풍의 간드러진 답가가 나왔다. 그렇게 밤은 깊어갔다.

‘사막’ 하면 으레 끝없이 펼쳐진 ‘누런’ 모래밭이 떠오른다. 그러나 이 넓은 세상에는 하얀 사막도 있다. 볼리비아에 있는 우유니 소금 사막은 말 그대로 소금이 끝없이 펼쳐진 곳이다. 면적 1만 2000제곱킬로미터로, 세계 최대의 소금 사막이다. 우리나라 전라남도(1만 2051제곱킬로미터)와 맞먹는 넓이다. 이 소금 사막이 자리 잡은 곳은 해발 3653미터의 고지대. 어떻게 바다와 멀리 떨어진 높은 곳에 소금이 넘쳐나게 됐을까? 먼 옛날 우유니는 깊은 바다였다. 지각 변동으로 바다가 높이 솟아 올랐고, 빙하기를 거치면서 거대한 호수로 변했다. 비가 적은 건조한 기후 덕분에 호수의 물은 모두 증발해버렸고, 결국 소금만 남게 됐다. 우

여름 우유니 사막

유니 소금 사막에 있는 소금은 최소 100억 톤으로 계산된다. 90퍼센트 이상이 식용으로 쓰이며 다른 곳에서 나는 소금보다 훨씬 짠 것으로 유명하다. 비가 오지 않는 건기에는 사막 전체가 메말라 있어 날카로운 소금 알갱이에 타이어가 펑크 나기도 한다. 반면 우기인 12~3월에는 사막에 물이 고이고, 여기에 하늘이 반사되면서 또 다른 볼거리를 제공한다. 세계적인 관광지 우유니 소금 사막. 이곳에 갈 때에는 선글라스를 꼭 챙겨야 한다. 흰 소금에 반사된 햇빛에 자칫하면 시력이 상할 수 있기 때문이다.

달걀 한 판

"다른 안주는 필요 없고요. 그냥 계란말이나 만들어주실래요?"

한자어인 계란보다는 순 우리말인 달걀로 순화해서 사용하라는 지침이 넘쳐나지만 정작 계란말이는 입에 착 붙어버렸다. 달걀 한 판을 들고 잠시 고민 중이다. 계란말이와 달걀말이 사이에서. 술집 간판이 보였다. 한 손으로 쟁반을 받쳐들 듯이 달걀 한 판을 들었다. 불쑥 술집 안으로 들어서서는 곧장 주방으로 향했다. 엉겁결에 따라 들어온 주인장과 함께 부엌에 마주 보고 섰다. 겸연쩍게 웃으며 달걀 한 판을 내려놓고는 불쑥 꺼낸 말이다.

"한 판 다요?"

주인장은 달걀 한 판으로 계란말이를 만들기 시작했다. 처음엔 오동통하고 길쭉하던 계란말이가 점점 굵어졌다. 하지만 계란말이를 좋아하는 사람들은 쉴 새 없이 접시를 비워댔다. 그리고 한동안 계란말이 말만 들어도 울렁

증이 난다며 난리를 쳤다. 10년이 지난 지금도 그 술집에서 빠지지 않는 이야 깃거리가 됐다.

난 원래 달걀을 좋아하는 편은 아니었다. 노릇노릇하게 봉긋 솟아 있는 달 걀 노른자만 생각해도 침이 꿀꺽 넘어간다는 이들도 있던데, 나는 그 비릿한 향이 가끔 싫을 때도 있었다. 어렸을 땐 유독 달걀을 볼 때마다 잔인하다 생 각한 적도 있었다. 기차 여행에서 빠지지 않는 것이 삶은 달걀이라지만 단 한 번도 사 먹어본 적은 없다. 찜질방의 별미로 맥반석 달걀을 꼽는 이들도 많지 만 역시 단 한 번도 사 먹어본 적은 없다. 그런데 그만 달걀에 '필'이 꽂혀서 안달이 난 일이 발생하고 말았다. 라틴아메리카 여행 중에 말이다. 사막 투어 를 위해 지프에 올라탈 때 운전석 옆자리에 앉았다. 투어 첫날 운전기사와 나 사이 보조 의자엔 달걀 한 판이 있었다. 달걀 한 판에 대한 집착은 없었다. 첫 날부터 집착 같은 건 아예 없었다.

점심 식사를 위해 도착한 이슬라 페스카도, 일명 물고기 섬. 우리가 알고 있는 섬이란 주위가 물로 에워싸인 육지를 말하지만 그곳은 달랐다. 사막 위 의 섬, 그러니까 쉬어갈 수 있는 곳이었다. 그러고 보니 우유니 사막의 유래 를 캐들어가면 섬이란 표현이 맞긴 했다.

사막에서의 점심은 알맞게 구워낸 고기와 감자튀김이었다. 높이가 10미터 가 넘는 선인장으로 둘러싸인 섬을 둘러보고 돌아올 시간에 맞춰 운전기사가 준비해놓은 맛 좋은 식사였다. 어느 나라든 사막 투어에서는 운전기사의 역 할이 크다. 문득 지프를 타고 오는 내내 만지작거렸던 동글동글한 달걀이 생 각났다. 그때까지도 먹고 싶다는 생각은 없었다.

또다시 투어는 시작됐고 저녁이 다 돼서야 숙소가 있는 산후안 마을에 도착했다. 그때도 어김없이 달걀은 그 모습 그대로 지프 안에 있었다. 다음 날 달걀 위에 갖가지 물건들이 올려져 있었다. 살짝 들어올리니 달걀 한 판이 얌전히 놓여 있었다.

'대체 이건 언제 줄 건가?'

달걀을 좋아하지 않는 나는 그렇다 치고 뒷자리에 앉아 있던 녀석들은 달걀이 먹고 싶다고 아우성이었다. 다음 날 점심에도, 그리고 저녁에도 달걀은 지프에 실려 있었다. 그다음 날이면 투어는 끝이 난다. 따끈한 삶은 달걀이 먹고 싶었다. 호호 불며 얇은 껍질을 벗겨내면 하얗고 말랑말랑한 속살이 드러나는 삶은 달걀 생각이 절로 났다. 고기로 단백질은 충분히 섭취하고도 남았을 텐데, 달걀을 향한 욕구가 생겨났다. 말이 통하지 않는 운전기사에게 달걀 하나를 꺼내들고는 물었다.

"이거 언제 해줄 거야?"

실실 웃으며 내려놓으라는 손짓을 한다. 한국어는 고사하고 영어 단어 하나조차 알아들을 리 없는 그를 향해 나는 달걀을 통째로 입에 넣는 시늉을 하며 입맛을 다셨다.

"그러니까 이거 언제 해줄 거냐고?"

또 실실 웃으며 뭐라 씨부렁거린다. 웃는 걸 보니 마지막 만찬에 쓸 모양이군. 뒷자리에 앉아서 귀를 쫑긋 세우던 녀석들에게도 좀 더 기다려보자는 말로 위로해주었다. 설마 2박 3일 동안 들고 다녔는데 달걀 프라이 정도는 해주지 않겠냐면서. 그리고 마지막 날 마지막 식사 시간이었다. 달걀은 눈 씻고 찾아봐도 없었다. 운전기사를 불러 지프로 데려갔다. 고스란히 남아 있는 달걀 한 판을 가리키며 정말 진지한 얼굴로 물었다.

"이거 왜 안 해줘?"

정색을 하고는 내려놓으란다. 정확히 이해할 순 없었지만 누군가에게 가져다줘야 한다는 투였다. 팔기 위해 2박 3일 동안 가지고 다녔다는 것이다. 때마침 옆 지프를 탔던 다른 팀원들은 계란 프라이를 먹었다는 소문마저 돌았다. 인내심이 폭발하고 말았다. 흥분한 뒷자리 녀석들의 낯빛이 불그락푸르락 변했다. 너도 못 먹고 나도 못 먹자는 식으로 달걀 한 판을 아작낼 섬뜩

한 기운이 느껴질 정도로. 슬슬 운전기사가 눈치를 보기 시작했다. 달걀 한 판을 사수해야 한다는 생각을 했을지도 모른다. 그는 어디서 급조한 건지 아니면 들고 다닌 건지 출처가 불분명한 초콜릿 한 판을 슬쩍 건넸다. 달걀 프라이 여섯 개면 끝날 사태를 초콜릿 한 판으로 무마한 것이다. 그러고 보니 우리네 농촌 지역을 지날 때면 듣게 되는 닭 울음소리를 들어본 적이 없다. 깔끔하게 달걀을 잊어줬다. 달달한 초콜릿 하나씩 입에 물고는.

STOP
NO

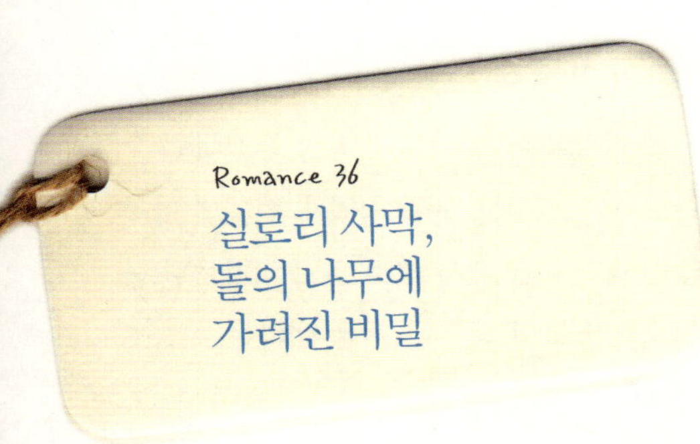

가도 가도 끝이 없는 사막과 셀 수 없이 나타나는 호수들. 사막에도 호수가 있다면서 들뜨던 마음도 서서히 가라앉았다. 지프에서 뛰어내려 감상하던 열정도 사그라지고 추운 날씨와 세차게 부는 바람에 선뜻 차에서 내리지 않는 이들이 속속 생겨났다. 볼리비아 우유니 사막에 대한 정보를 인터넷에서 찾았을 땐 아름답고 멋진 사진들로 가득했었다. 그 사진 몇 컷이 나를 이곳으로 오게 한 결정적인 이유는 아니었지만 나를 설레게 하기엔 충분했다. 보통은 사진에서 보다가 실제로 그 자리에 가게 되면 감동은 배가 된다. 그런데 이번 사막 투어는 좀 달랐다. 뭐라 표현하면 좋을까. 사진으로 감상하던 때가 훨씬 그립다고 해야 할까. 아름답게 담아낸 한 컷이 더 아련했다고 표현하는 것이 옳겠다.

"못 와본 사람들이 들으면 배부르다 하겠네!"

"그러라고 한 소리예요."

사진을 넘기며 설명하던 내가 빈정댄다고 생각했는지 엄마가 어깨를 툭 쳤다.

"이건 또 뭐니? 이게 어떻게 서 있는 거니? 흙으로 만든 거니?"

실로리 사막에 있던 돌의 나무다. 볼리비아 홍보 사진에 항상 등장하던 오묘한 돌덩어리다. 깊숙이 뿌리를 박고서는 가지를 한껏 힘있게 뻗어낸 나무 모양의 돌. 줄곧 지프에서 내리지 않던 나는 지프에서 내려 호기심 가득한 눈으로 그 돌에 성큼성큼 다가갔다. 사진 속 돌의 나무를 처음 대하는 이들도 나만큼 호기심 가득한 눈으로 바라본다.

그런데 그때 돌의 나무보다는 그것에 가려져 그 누구도 들춰내지 않던 일이 떠올랐다. 사진에서 눈을 떼지 않던 엄마에게 장난기 가득한 얼굴로 옛날 이야기를 하듯 말문을 열었다.

돌의 나무에 다가가서 주변 돌들도 구석구석 구경하고 있었다. 그런데 갑자기 화장실에 가고 싶다는 생각이 들었다. 주변을 둘러봐도 화장실은 당연히 없었다. 이 너른 사막 한가운데에 화장실이 있을 리 없었다. 다시 지프에 올라타고 투어를 시작하면 너른 사막 한복판에서 난감한 상황이 벌어질 것이다. 그나마 돌들이 솟아 있는 그곳엔 숨을 공간도 많지 않은가. 조금도 지체하지 않고 계속 걸었다. 돌의 나무를 가로질러 돌들이 군락을 이루고 있는 곳으로 앞만 보고 걸었다. 해결할 공간이 생길 것이란 기대감은 더 이상 본능을 참을 수 없게 했다.

그렇게 걸어 들어가서 우리 팀의 위치를 확인했다. 분명히 내가 보이지 않

을 터였다. 작업을 시작하려는데 옆에서 웅성거리는 소리가 들렸다. 먼발치에서 이쪽으로 걸어오는 외국인들. 그들도 안전한 자리를 찾고 있는 듯했다. 다시 그 자리에서 벗어나 더 안쪽으로 걸어 들어갔다. 주변을 두리번거렸다. 이번엔 정말 아무도 보이지 않는 은밀한 장소다. 재빨리 일을 마치려는데 아뿔싸, 대변이 사방에 깔려 있다. 누군가 불과 몇 분 전에 다녀간 듯 아직 축축한 자리도 눈에 띈다. 구역질이 났다. 소변도 확 들어가는 듯했다. 그냥 돌아서려는데 "참으면 병 된다"는 엄마의 말이 귓가에 울려 퍼진다.

다시 새로운 자리를 물색했다. 하지만 사방이 난리다. 나만큼이나 급했을 관광객들이 실례를 무릅쓴 현장이다. 더 이상 지체할 시간도 없었다. 대충 자리를 찾아 볼일을 보고는 뒤돌아서서 나왔다. 멋들어지게 서 있는 돌의 나무를 지나치면서 미안한 생각이 밀려왔다. 그곳에서 급한 일을 해결한 모든 이들이 아마도 그런 감정을 느끼지 않았을까.

이야기를 듣고 있던 엄마는 한참 웃으셨다. 사진으로 감상하던 때가 더 좋았다는 말을 이해하겠다면서 계속 웃으신다. 미안하다, 돌의 나무여!

해발 4870미터의 사막에서 30미터 높이의
가스를 뿜어내고 있는 분출구를 발견했다.
땅속으로부터 솟아오른 유황 가스가
수직으로 솟구쳐 오르고 있었다.
가스 분출구 앞으로 다가서니 가스가 뿜어져 나오는
거대한 소리와 함께 진한 유황 냄새가 코끝을 찔렀다.
지하 130미터의 깊이에서 유황 가스 줄기가
솟구치는 것이라고 했다.
살아 있는 화산지대라고 하니 신기했지만
공포감에서 빨리 벗어나고 싶었다.
그런데 진풍경을 제대로 볼 수 있는 건 새벽녘이라 했다.

해가 완전히 뜬 후에는 유황 가스의 활동이
중단된다는 설명이 이어졌다. 그래서 이름도 아침의 태양인
솔 데 마나나(Sol de Manana)인 것이다.
신기한 마음을 뒤로 한 채 한 시간여 달렸을까.
노천 온천, 테르마스 데 찰비리(Termas de Chalviri)다.
지열로 덥혀진 지하수가 솟아나 온천이 형성되어 있는 곳이다.
추위에 꽁꽁 얼어붙었던 몸을 녹이기엔 그만이라는데
옷을 벗고 나서기가 쉽지 않다. 수영복 차림으로
뛰어 들어가는 사람들을 바라보기만 할 뿐 용기가 나지 않았다.
류머티즘과 관절염에 특효가 있다는 말을 듣긴 했지만
추위에 꽁꽁 얼어붙은 마음을 녹이기엔 역부족이었다.
그저 감상을 하는 정도로 만족했다.

소금 호텔 뜰에
앉아서

나는 애국자는 아니다. 애국자가 되기 위한 요건에 대해 고민해본 기억이 없다. 유관순 누나—왜 언니라고 하면 어색한지 모르겠지만—나 이승복 어린이처럼 조국을 위해 목숨을 내놓을 정도의 마음가짐은 분명 없는 것 같다. 애국심을 발휘할 상황이 벌어진 일도 없지만 말이다. 현대사회에서 가장 애국하는 길이 무엇이냐는 질문에 구태의연하다며 손사래를 치는 이들도 많다. 요즘은 그런 걸 논하는 시대는 아니지 않느냐며. 월드컵 응원을 위해 꼭 짓점 댄스를 추거나 술집에 모인 이들을 바라보며 그것이 또 다른 형태의 애국이라는 주장엔 어떤 반응을 보일 텐가? 그것이 총칼 들고 전쟁터에 나가는 군사들을 응원하기 위해 부녀자들이 강강술래를 추는 모습과 다르지 않느냐고 주장한다면 받아들이겠는가?

우유니 사막에서 소금 호텔을 발견했을 때 심장이 빠르게 뛰는 것을 느꼈다.

소금 호텔 앞뜰에서 펄럭이는 태극기를 발견한 순간, 한걸음에 달려갔다. 먼 길 여행하면서 기죽지 말라며 안아주는 엄마의 품 같았다고나 할까. 아무 탈 없이 건강하고 당당하게 여행하라는 메시지 같았다고나 할까. 소금 호텔에 앉아 그런 생각에 빠져 들었다.

"Where are you from?"
"Korea."
"Where are you from?"

"L.A."

뭔가 이상하지 않은가? 나는 분명 나라로 대답을 했는데 상대방은 지역으로 답하고 있다. 자신이 답한 도시를 당연히 알고 있을 거란 전제를 깔고 있는 것이다. 거기다 대고 L.A.가 어디냐고 묻는 사람은 한 명도 못 봤다. 그 위치를 모르면 더 한심한 사람이 될 수도 있음이다. 사람에 따라 다르고 상황에 따라 다르겠지만 대부분이 그랬다. 한번은 나도 "Seoul"이라 답한 적이 있었다. 못 알아듣겠다는 듯이 눈을 동그랗게 뜨고 쳐다보기에 곧바로 수정해줬다. "Korea"라고.

2년 전 유럽의 한 유스호스텔에서 홀로 여행 온 페루인을 만났다. 젊은 배낭여행객들이 모여드는 저렴한 숙소였다. 식당에서 눈이 마주친 그는 묻지도 않는 말을 했다. 자신의 직업은 의사라며 말문을 연 그는 페루에서 왔다고 했다. 그리고 페루에 대해서 아는 것이 있느냐고 물었다. 잉카문명이 싹튼 페루를 아느냐는 자신감에서 나온 질문이라기보다는 다소 부정적인 뉘앙스였다. 하나의 사건으로 전체 페루인을 파악하는 건 모순이 있을 수 있지만 그래도 의사라는 여행자의 표정과 행색 그리고 말투를 대하고는 페루에 대해 다시 한번 생각하게 되었다. 나는 쓸데없는 사족을 붙일 필요 없는 코리안이다. 소금 호텔 뜰에 있는 벤치에 앉아 펄럭이는 태극기를 바라보며 그런 생각에 빠져 들었다.

LATIN ROMANCE
Bolivia

KANTUTA
PHIL
BOB MICHEL

제5장 칠레와의 로맨스

Chile

칠레는 남아메리카 남서부에 남태평양을 따라 길게 뻗어 있다.
북부는 일교차가 크고 동식물이 거의 살지 못하며
중부에는 안데스산맥과 태평양 연안을 따라 뻗은
해안산맥이 있으며, 남부는 풍부한 산림지대다.
화산대에 위치한 데다 불안정한 지각 구조로 지진이 잦다.
북부 지역은 16세기 초까지 잉카제국의 영토였다가
1520년 마젤란에 의해 발견되었다.

이후 1540년부터 270여 년간 스페인의 식민지로 있다가 1810년 독립을 선언했으나
100년간 영국에 경제적으로 예속되어 있었다.
수도는 산티아고며 스페인어를 공용어로 사용한다. 화폐 단위는 페소(peso)다.
인구는 약 66퍼센트의 메스티소와 29퍼센트의 백인,
그리고 원주민과 기타 인종으로 구성된다. 국민의 89퍼센트가 가톨릭교를 믿는다.
칠레의 국기는, 흰색은 안데스산맥에 쌓여 있는 눈, 붉은색은 국화 코피우에와
스페인군과 싸우다 흘린 전사들의 피, 푸른 바탕에 흰 별은 칠레의 통일을 의미한다.
칠레에서는 저렴한 가격에 해산물 요리를 즐길 수 있다.
치안이 안정된 나라로 꼽혔으나 최근 들어 절도 사건이 증가하는 추세다.

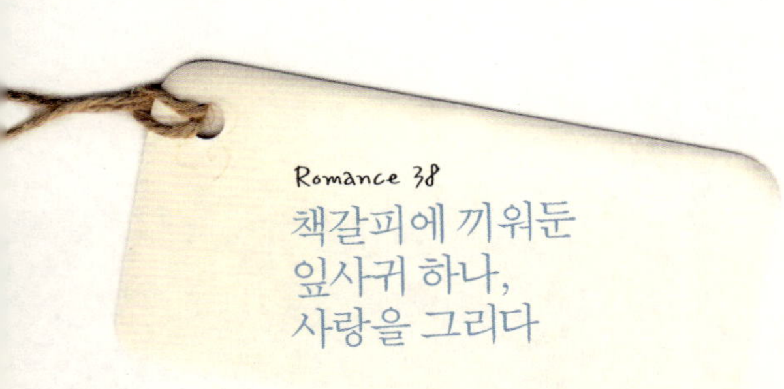

양쪽으로 흘러내린 긴 머리 사이로 하얀 낯빛이 보인다. 고개를 떨어뜨리고는 뭔가에 열중해 있다. 긴 머리가 거치적거렸는지 고개는 여전히 떨어뜨린 채로 뒤로 야무지게 묶는다. 미처 다 감싸 쥐지 못한 몇 가닥이 흘러 내렸지만 신경 쓰지 않는 듯했다. 햇살이 따스했는지 살짝 고개를 들어 창가로 향했다. 감정의 흔들림을 막으려는 듯 눈은 지그시 감고 있다. 그것도 잠시, 다시 고개를 떨어뜨렸다. 카페테리아 귀퉁이에서 우연히 만난 그녀는 뭔가를 열심히 쓰고 있었다. 집중한 듯 옆 테이블에서 바스락거리는 소리도, 자신을 바라보는 시선도 전혀 눈치 채지 못한다. 오랜만에 보는 편지지와 편지 봉투. 깨알 같은 글씨로 한참을 적어 내려간다. 편지지 가득 검정 깨알이 가득 찰 무렵, 그녀에게 말을 붙여본다. 항상 호기심이 문제다.

"애인한테 보내려나 봐? 이메일에만 익숙해 있어서 편지지를 보니까 왠지

코끝이 찡하네."

그녀는 바로 곁에 와 있는 나를 발견하곤 깜짝 놀라 머뭇거린다.

멍울 맺혀 있던 감정을 건드린 걸 뒤늦게 알았다. 눈시울이 붉어졌다.

"엄마한테 보내는 거예요."

수학여행 때면 일회용 종이컵에 끼운 초를 들고 부모님을 그리는 글 한 편을 들으며 엉엉 소리 내서 울었던 기억이 난다. 그때 그 순간만큼 부모님을 생각한다면 모두 다 효자, 효녀가 됐을 것이다. 그 후 대학에 들어가면서 부모님께 편지를 보낸 적은 단 한 번도 없었다. 그런데 여행지에서 엄마에게 편지를 보낸다는 말에 순간 긴장했다. 편지지 옆에 두세 가지 색으로 물들어 있

는 잎사귀 하나가 보였다.

"전 행복한 사람이에요. 감사해야 하는데 표현을 잘 못해서 여행을 다닐 때면 이렇게 편지를 띄우죠. 현지에 있는 잎사귀 하나를 가이드북 사이에 끼워두면 좀 마르거든요. 그걸 함께 동봉해요. 지난번 인도 여행에서 무심코 엄마에게 잎사귀 하나를 보내드렸는데 그걸 식탁 유리 사이에 끼워두셨더라고요. 나중에 동생한테 들었는데 제 편지를 받고 숨죽여 우시더래요."

잎사귀에선 은은한 향이 감돈다. 잎사귀는 머나먼 나라로 여행을 떠날 채비를 이제 막 끝낸 듯 책갈피 속에서 잘 말라 있었다. 먼 곳으로 여행 떠난 딸의 편지 한 통이 엄마의 마음을 아련하게 만들 것이다.

NTERIZA
DINO
O, EMBLE
jacobita).
ca y un
o en los   entr
dad de roedores de alt
montaña.
, extensos roquedak
inas que se encuentran
ndina
dio de la Iniciativa Darwin d
servacionistas y educad
iniciaron en Octubre d
ón del gato andino y
ctividades de investig
n están centradas e
livia y Chile y prom
sidad a través de
ndino como especi
ONSERVEMOS A LOS FLAMENCOS

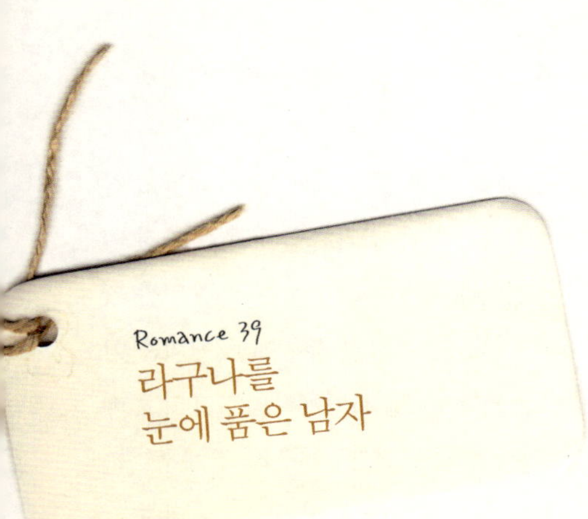

"눈 속에 '라구나' 가 있었네."

볼리비아를 여행하면서 셀 수 없이 많은 '라구나' 를 봤다. 호수라는 뜻의 라구나를 사막 여행 하는 2박 3일 내내 볼 수 있었다. 사막 한가운데에서 처음 만난 라구나를 보고는 감탄사가 절로 나왔다. 아름다운 빛깔의 라구나에서 노니는 플라밍고는 한 폭의 그림 같았다. 하늘은 파랬고 구름은 점점이 흩어져 있었다.

이동할 때마다 라구나를 만나면서 점점 그 감흥은 시들해졌지만 어쨌든 라구나는 지루할 수 있는 사막 여행에 단비 같은 역할을 해주었다.

볼리비아를 떠나 칠레로 넘어가는 국경에서 순간 멈칫했다. 모자를 푹 눌러쓴 한 남자를 발견하곤 넋을 잃고 바라봤다. 아무리 정신을 차리려 해도 머릿속은 하얗게 변했다. 그 남자에게서 뿜어져 나오는 오라에 마음을 빼앗겼다.

"또 하나의 라구나를 발견했구나. 저 남자의 눈망울에서. 어쩜 저렇게 아름다운 눈빛을 가졌을까."

여행 초반부터 정직하려 애썼다. 좋은 것을 보고 싶고 예쁜 말을 내뱉고 싶고 감정을 속이고 싶지 않았다. 그렇다고 추하거나 경박스럽게 행동하진 않았다. 단지 자극을 받고 싶었을 뿐이다. 남들보다 한 발 앞선 자극을 원한 것도 아니다. 딱 반 보 정도만 앞선 자극을 원했다. 이성의 경우에도 예외는 아니었다. 사진기를 살짝 꺼내들었다. 그가 눈치 못 챌 위치에 섰다. 그리고 배경을 촬영하는 척하면서 그를 향해 카메라를 들이댔다. 일부러 피해주려는 그를 향해 셔터를 연신 눌렀다. 성공이다. 흐릿하지만 사진 한 장을 건졌다. 그 사이 그는 함께 온 동반자들과 사라져버렸다. 그것이 그와의 첫 번째 만남이었다. 인연이 닿는다면 딱 한번만 더 만나게 해달라고 주문을 외웠다. 그리고 잊고 있었다.

이틀 후 산페드로 아타카마 마을에서 지낼 때였다. 그날도 어김없이 아침을 먹기 위해 카페로 길을 나섰다. 전날 마셨던 와인의 달콤한 맛이 단꿈처럼 남아 있었다. 사막 위에 세워진 마을이라 흙 길이었다. 자전거 한 대라도 지나가면 풀풀 날리는 먼지가 입 안까지 파고들었다. 처음엔 먼지를 털어내며 툴툴거렸는데 이젠 뒤집어쓴 먼지를 그대로 내버려둔다. 눈만 잠시 감았다 뜨고 숨을 잠깐 참고는 가던 길을 계속 갔다. 마침 차 한 대가 속력을 내며 힘껏 달려온다. 소란스럽게 먼지가 날아올랐다. 오만상을 짓고 한동안 눈을 감았다. 숨도 쉬지 않고 그대로 멈춰 섰다가 살포시 눈을 떴다. 그러고는 '헉' 하고 숨을 들이켜고 말았다. 다섯 발자국 앞에 그가 걸어온다. 분명 그가 맞다. 모자를 푹 눌러 쓴 폼이 그가 맞다. 그는 빠른 걸음으로 나를 지나치고 있다. 다짜고짜 그의 팔을 잡았다. 생각보다 행동이 앞섰다. 그도 놀라고 나도 놀랐다. 해머로 내리친 듯 머리가 띵하다. 내가 무슨 짓을 한 거야.

"Hi."

"Hi."

정지 화면이다. 내 팔은 여전히 그를 붙잡고 있다. 인사를 하기는 했는데 더 이상 할 말이 없다. 당황한 그가 나를 빤히 쳐다본다.

"Do you know me?"

"Yes……. No."

스르르 손을 놓았다.

"Sorry."

말이 끝나기 무섭게 그가 홱 돌아섰다. 그리고 걸음을 재촉한다. 몇 마디만 더 나눴어도 이렇게 머리가 복잡해지진 않았을 것이다. 이렇게 빨리 기회가 찾아올 걸 알았으면 연습이라도 했을 텐데 막상 마주 서고 보니 할 말이 사라져버렸다. 주문이 이렇게 빨리 먹히리라곤 상상도 못했다. 그 짧은 순간에도 그의 눈망울은 라구나처럼 아름다운 빛을 발산하고 있었다. 사람의 눈 같지 않았다. 뚫어져라 눈망울에 비친 나의 모습을 바라보다 그의 눈을 들여다보고 있다는 사실을 잊어버리는 찰나가 있었다. 그때의 기억이 되살아났다. 하늘을 올려다봤다. 눈이 부시게 파랗다. 눈을 감고 다시 한번 주문을 외웠다. 딱 한번만 더 만나게 해달라고. 순간순간 못 미더운 감정이 치밀어 오를 때마다 싹둑싹둑 잘라버렸다. 한 번 더 소원을 들어주지 않을까라고 상상하면서 말이다.

산페드로 아타카마에서의 일정이 끝나고 산티아고로 이동하기 위해서 정류장으로 갔다. 여행을 떠날 때보다 가방은 더 무거워졌다. 선물에다가 제대로 정리하지 않은 옷가지들이 뒤엉켜 있었다. 무거운 가방은 어깨를 짓누르며 숨조차도 시원히 쉴 수 없게 했다. 벽에 등을 기대니 한 발자국도 뗄 수 없었다. 그때였다. 정류장의 매표소 앞을 쓱 지나가는 남자에게 시선이 꽂혔다. 이미 나를 지나 저만치 걸어가는 뒷모습! 바로 그였다. 그의 너른 등판이 점점 멀어진다.

무거운 배낭을 이겨내기 위해 안간힘을 쓰고 있는 터였다. 배낭에 달린 끈으로 가슴과 허리를 동여맨 데다 배낭에는 양말까지 널어놓았다. 재빨리 배낭을 내려놓는다 해도 막상 달려가서 그와 나눌 대화가 마땅치 않다. 얼굴이라도 마주쳤어야 간단한 인사라도 나눌 텐데 뒤통수에 대고 뭐라 이야기를 꺼낸단 말인가. 앞질러 뛰어나갔다가 뒤돌아 다른 곳을 보는 척하며, 우연을 빙자한 만남을 다시 한번 갖는 방법도 있긴 하다.

이런저런 생각에 빠져 있는 사이 그 남자는 옆길로 새버렸다. 세 번째 만남도 지나가버렸다. 옷깃만 스쳐도 인연이라는데 세 번이나 만났으니 꽤 깊은 인연 아닌가? 다시는 만날 수 없는 파란 눈망울은 사진 속에 남았다.

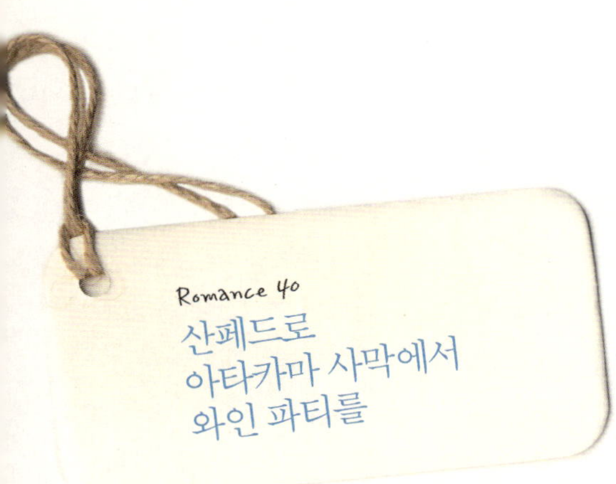

또 다른 익숙함.

양손엔 와인 잔을 두 개씩 들고 겨드랑이엔 와인 두 병을 끼고 있었다. 팅 팅팅. 걸음걸이에 맞춰 볼 넓은 와인 잔이 소리를 낸다. 미세하고 연약하게 들리는 와인 잔의 울림이 손끝으로 전달됐다. 와인 두 병을 사 가며 와인 잔을 빌릴 수 있느냐고 부탁하자 와인 잔을 선물로 주었다. 예상치 못한 호의에 고마웠다. 사막의 거리는 포장은커녕 돌부리에 걸려 넘어지지 않으면 다행일 정도로 고르지 않았다. 발이 푹 꺼져 중심을 못 잡고 허우적거리기 일쑤였다. 그러다 밤이 깊어지면 칠흑 같은 어둠이 깔렸다. 숙소에선 바비큐 파티가 한창일 것이다. 와인을 사기 위해 들른 와인 바에서 유혹을 못 이기고 그만 주저앉아버렸다. 사막의 태양빛은 금세 어스름해지더니 이내 깜깜해져버렸다. 와인 두 병을 들고 취기가 오를 대로 오른 뒤에야 겨우 숙소로 향했다. 가

로등 하나 없는 어두컴컴한 길에 들어서니 입 안에 남아 있던 레드 와인의 씁
싸래하고 떨떠름한 맛이 더 짙어지는 듯했다. 라틴아메리카 여행을 떠나오
기 전에는 와인을 잘 몰랐다. 막걸리에 길들여져 있던 내 입맛에 기다랗게 죽
뻗어 있는 와인 병도 어색했고 불균형한 와인 잔도 불편했다. 국내 와인 시장
이 부지불식간에 커진 것도 거부감을 키웠다. 일순간에 매체에서는 와인에
대한 극찬이 동시다발적으로 터져나왔고 와인 관련 산업이 순식간에 번성하
게 됐다. 나는 선뜻 와인에 다가서지 않았었다.

"와인은 무슨! 우리가 언제부터 와인을 즐겼다고! 우리나라 술도 좋아!"

프랑스 여행 중에도 와인을 찾지 않았다. 일부러 거부한 탓도 있지만 와인
의 짙은 맛을 몰랐다는 게 옳은 말이다. 제대로 맛을 몰랐기 때문에 핑계가
거창했던 것이다. 그러던 내가 라틴아메리카 여행 막바지에 이른 칠레에서
결국 그 맛에 사로잡히고 말았다.

산페르도, 아타카마 사막 마을도 반나절이 지나지 않아 낯익은 거리가 되
었다. 블록으로 쌓아올린 장난감 마을을 바라보듯 복잡하던 골목길도 훤하
게 들어왔다. 상점이 즐비하게 늘어선 메인 도로를 기준으로 하면 외곽에 위
치한 숙소였지만 골목골목을 샅샅이 구경하며 다니다보면 어느새 숙소는 코
앞에 와 있었다. 와인에 취하기 전까지는.

이미 숙소에 도착했어야 하는 시간인데 낯선 길이 눈앞에 펼쳐졌다. 어디
서부터 잘못된 것일까. 아무리 둘러봐도 낯선 골목이다. 곧바로 방향을 틀어
다시 되돌아나갔다. 조금만 나가다 보면 낯익은 길이 보일 거라 스스로를 다
독였다. 불안감이 생기기 시작한 건 그때부터였다. 메인 도로마저도 찾을 길
이 없었던 것이다. 차는 고사하고 지나가는 행인조차 없었다. 더욱 황당하게

도 숙소 이름도 기억나지 않았다. 공간 감각을 이용해 길을 외웠다는 자신감 때문에 제대로 숙소 간판을 쳐다보지 않은 것이 불찰이었다. 입 안에서만 맴도는 숙소 이름으로는 현지인에게 묻기도 힘든 상황이다. 정신이 번쩍 들었다. 그동안 악착같이 잘 찾아다니던 여행길이었는데 드디어 잃어버렸구나. 그렇게 한 시간을 헤맸다. 걸음걸이가 느리기도 했지만 기억을 더듬느라 그랬다. 멀리서 간판이 보였다. 후유, 이제 안심이다. 바비큐 파티가 한창일 거라던 예상과는 달리 사람들은 예사롭지 않은 시선으로 나를 쳐다봤다. 와인으로 취기가 올라 발그레한 낯빛 때문인지 변명할 시간도 주지 않고 질타가 이어졌다. 이 사건으로 인해 라틴아메리카 여행에 오점이 남으리라곤 그때까지도 생각지 못했다. 너무 순탄한 여행보다는 소소한 사건 사고가 있는 재미난 여행을 내심 기대하기도 했지만 말이다. 라틴아메리카 여행 내내 쓰린 속을 해장할 방법이 없었다. 그런데도 버터와 딸기잼을 바른 토스트 한 쪽이면 편치 않던 속도 진정되곤 했었다. 신기하게도.

　귀국 후 와인 바에 들러 그때 마셨던 칠레산 와인을 두 병이나 마셨다. 안주로는 치즈와 과일 그리고 그날의 사건까지. 입술은 레드와인으로 보랏빛으로 물들어 있었다. 색소가 잔뜩 들어간 막대 아이스크림을 먹은 것처럼.

　“느글느글대서 못 견디겠어. 감자탕으로 해장하자. 와인 해장을.”

　서둘러 얼큰한 감자탕 집으로 향했다.

여행이란 나라는 존재,
그 자체를 만나는 것

얼마 전 사진작가 선배의 스튜디오를 찾았다. 오픈한 지 일 년이 넘도록 찾아가지 못해 여행 후 서둘러 연락을 취했다. 스튜디오에 들어서자마자 선배는 컴퓨터 앞으로 나를 부른다. 사진에 대한 느낌을 이야기해달라는 거였다. 격려를 받고 싶었던 것인지 위로를 받고 싶었던 것인지는 고민하지 않았다. 선배의 오른손은 이미 마우스를 누르고 있었다. 정적이 꽤 흐르고 내가 먼저 입을 열었다.

"선배, 느낌이 더 짙어졌다."

짤막한 의견이 나오고 선배는 모니터를 주시하며 조심스레 입을 열었다.

"에이즈 환자야. 그가 사진을 찍어달라고 부탁을 해서 촬영을 했어."

또다시 정적이 흘렀다. 그리고 나는 다시 말을 이었다.

"선배! 우리 기자 생활 할 때 넘쳐 흐르는 감정으로 상대를 대한 적이 많았던 것 같아. 피사체의 감정을 끌어내기 위해 마음에도 없는 언행을 일삼곤 했었지. 나이 들수록 성숙해져간다는 건 쓸데없는 감정은 쏙 빼고 집중할 수 있는 능력을 말하는 것 같아.”

나의 말은 찬찬히 이어졌고 선배의 눈은 모니터를 벗어나지 못하고 있었다.

“그런데 말이야. 이번 사진을 촬영하면서 선배는 어떤 마음가짐이었어? 사진도, 글도 얄팍하게 사람의 감정을 속일 순 있어도 언젠가 들통이 나버리지. 자기 스스로에게 말이야.”

“…….”

“에이즈 환자를 받아들이자는 CF도 있고 언론에서도

우리의 인식을 바꾸기 위해 노력하지만 그게 쉽지만은 않은 작업이잖아. 그래서 촬영에 임하는 선배의 마음 한구석엔 거부감이 있었을 거야. 그건 당연해. 두렵기도 하고 공포감마저 드는 거지. 아니라고 말하는 건 가식이야. 혹시 에이즈 환자와 사진 촬영을 하면서 괜히 그를 위로한다거나 이해한다는 듯 편한 모델처럼 대하진 않았는지 되짚어봐. 가식적인 마음으로 촬영을 하면 순간 눈을 속일 순 있어도 결국 심금을 울리는 사진은 나올 수 없다고 생각해. 공포의 대상이 되고 있는 그 사람 자신의 색깔을 더 넣어줬으면 좋겠어. 카메라를, 에이즈 환자인 그를 거부하는 시선이라고 상상하면서 대해야 한다는 거지. 내 생각에는."

여행지에선 예기치 못한 일들이 많이 발생한다. 여행은 바로 그 맛에 한다. 밖으로 뻗어나가던 들떠 있던 감정들은 시간과 경험이란 필터를 거치면서 결국 나 자신으로 되돌아오게 된다. 그 속에서 허연 속살이 드러난 나의 모습을 발견하곤 한다. 군더더기 없는 나라는 존재, 그 자체 말이다.

MONEDA
1001   1099
NUTS 4 NUTS
ALL NATURAL
HONEY-ROASTED NUTS

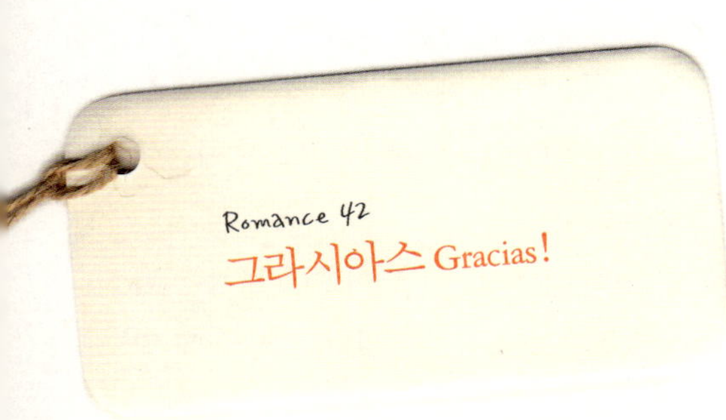

잠결에 이상한 기운을 느꼈다. 무엇인가 검은 그림자가 내 앞을 어슬렁거린다. 푸근한 버스 좌석에 앉아 따뜻한 담요와 침낭으로 온몸을 감싸고 푹 잠이 들었다. 그런데도 사람의 체온을 느낄 수 있었다. 아타카마 사막에서 산티아고로 가는 버스 안에서의 일이었다. 소요 시간은 스물네 시간. 버스 안에서 세끼를 해결해야 하는 길고 긴 버스 여행이다. 운전석 뒷자리를 배정받아 잠자리에 들었었다. 버스 안의 불빛은 모두 꺼졌고 밖은 어두웠다.

그런데 갑자기 이상한 기운이 감지된 것이다. 너무 피곤해서 헛것을 보고 있는지 의심도 했었다. 그런데 이건 장난이 아닌 실제 상황이었다. 점점 더 가까이 다가온 검은 그림자는 뭔가를 찾는 듯 두리번거렸다. 조금만 더 가까이 오면 주먹을 휘두르거나 소리를 지를 만반의 준비는 끝난 상태였다. 두려움에 긴장감까지 엄습했다. 팔걸이 끝을 손으로 움켜쥐었다. 일단 현장을 급습해야 했기 때문에 그 순간을 참고 기다렸다. 그 순간, 갑자기 의자가 뒤로 확 젖혀졌다. 깜짝 놀라 벌떡 일어난 나를 보고 오히려 그가 더 당황한다. 버스 안에서 일하는 서비스맨으로, 제복을 차려입고 있었다. 잠을 깨워 미안하다며 괜찮으냐고 묻는다. 그는 그 후로도 버스 안을 전부 돌면서 의자 등받이를 내려주며 승객들이 편히 잠을 잘 수 있게 친절을 베풀었다. 괜스레 미안했다. 영문도 모른 채 그를 치한으로 오해하다니.

그 어느 때보다 깊게 잠을 잘 수 있었다. 목적지인 산티아고에 도착한 뒤 짐칸에서 손님들의 배낭을 일일이 챙겨주는 그에게 다가갔다. 가슴팍에 명찰이 보였다.

탱큐, 아니 그라시아스, 알렉스~ .

알렉스와 아쉬운 작별 인사를 나누고 도시 구경에 나섰다. 산티아고는 유럽의 어느 도시에 와 있는 듯한 착각을 불러 일으켰다. 아르마스 광장에서 야외에 설치된 카페에 앉아 차를 마시고 있었다. 바쁜 일상을 보내고 있는 칠레인들을 바라보며 여행을 정리하고 있었다. 빈 의자에 가방을 내려놓고는 구경하고 있던 참이었다. 종업원이 사슬을 들고 다가왔다. 의자 색상과 비슷했다. 가방 끈과 의자를 사슬로 묶는다. 별 의미 없이 바라보고 있었다. 대놓고 사슬로 묶는 행동을 보며 머쓱해졌다. 그것도 잠시, 까맣게 잊고서 수첩을 꺼내들고 정리에 몰두하고 있었다. 그때 갑자기 가방을 올려놓은 의자가 움직였다. 종업원이 달려왔고 나의 눈은 휘둥그레졌다. 멋들어지게 차려입은 중년의 신사가 바닥에 내려놓은 자신의 가방을 들더니 허겁지겁 달려 나갔다. 소매치기인 그 남자는 빈 의자에 올려져 있는 내 가방을 목표로 삼았다. 가까이 다가와서는 자신의 가방을 빈 의자 옆에 던져놓은 뒤 다시 가방을 들면서 내 가방을 낚아채 가려 한 것이다. 종업원의 기지가 없었더라면 가방을 통째로 분실할 뻔한 사건이었다. 벌건 대낮에 사방이 탁 트인 광장에서 과감하게 소매치기를 시도한 그 사건이 칠레에 대한 이미지를 바꿔놓을 만큼 충격적이었지만 그것을 막아준 종업원에 대한 고마움 때문에 칠레는 여전히 아름다운 나라로 남아 있다.

돌이켜보면 라틴아메리카 여행은 예상하지 못한 곳에서 마음을 빼앗긴 적이 많았다. 낯선 여행지를 향한 그리움은 친절한 배려에, 환한 미소에 그리고 따뜻한 손길을 간직할 수 있는 추억에 아로새겨지는 것이리라.

그라시아스, 라틴아메리카!

산티아고
라틴아메리카에서 만나는 유럽

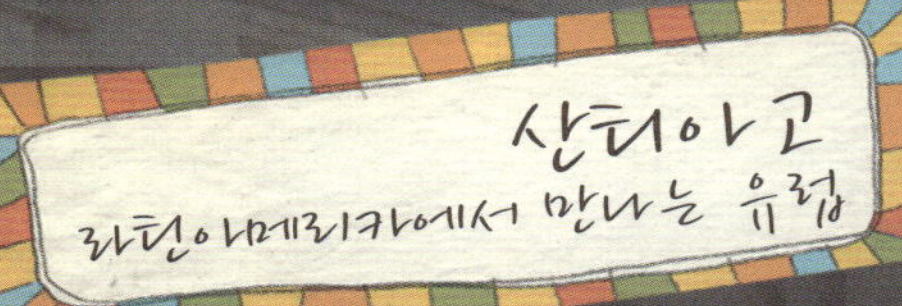

인터넷 검색창에 '산티아고' 를 치면 도보 여행, 순례자들의 행렬, 여행자들의 로망 등 경건한 분위기가 물씬 풍겼다. 순간 "어!" 하고 짧은 감탄사가 터져 나왔다. 스페인의 '산티아고 데 콤포스텔라' 다. 그래서인지 이 유명한 산티아고와 동명인 칠레의 산티아고로 가는 내내 마음은 차분히 가라앉았다. 칠레 산페드로 아타카마에서 산티아고로 가려면 버스로 스물네 시간을 가야 한다. 브라질로 시작된 여행 일정 중 마지막을 칠레로 선택하게 된다면 편안함과 안락함 그리고 안정감 있는 서비스가 얼마나 감동적인지 느끼게 된다. 서비스만큼은 칠레는 우리나

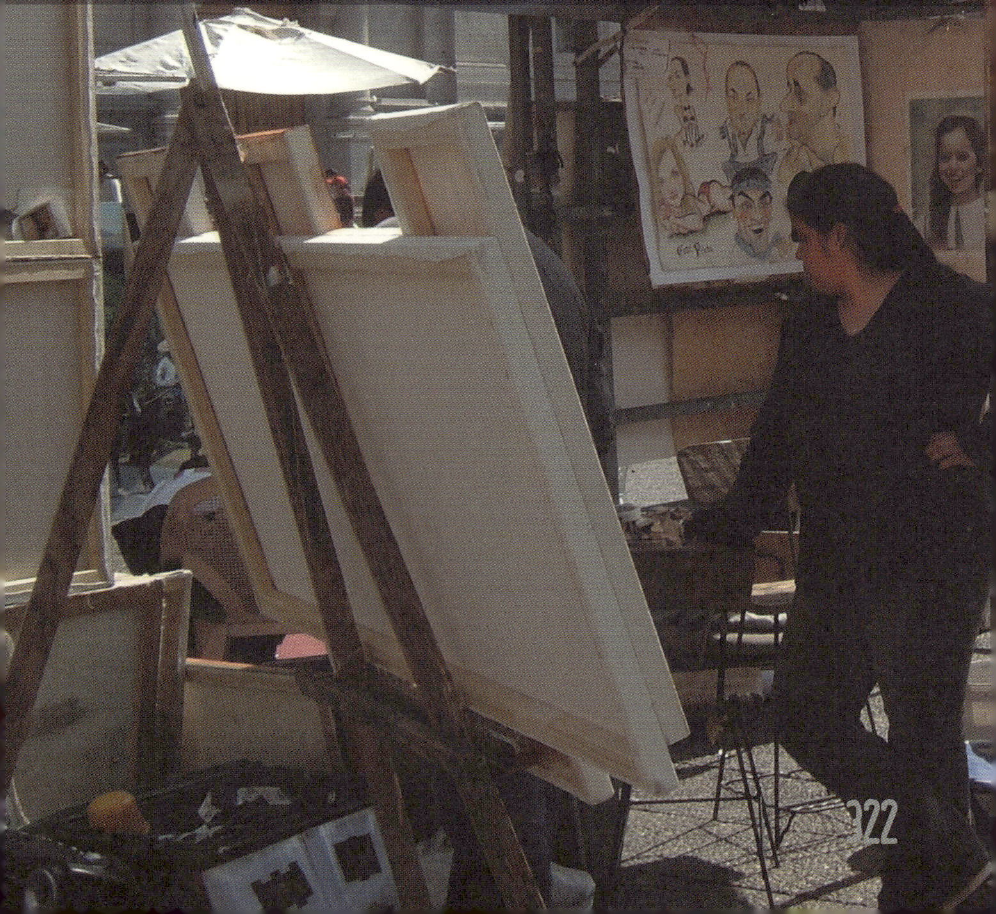

라와 동급이다. 산티아고는 유럽에 온 듯한 착각이 들 정도로 화려하고 현대적이다. 여자들의 패션만 봐도 다른 나라와는 다르다. 날씬한 몸매와 큰 키로 거리를 활보하는 칠레 시민들을 보고는 한참을 멍하니 바라만 봤다. 페루를 거쳐 볼리비아를 막 빠져나온 여행객에게 칠레는 이색적인 도시다. 그만큼 엄청난 물가가 또 한번 이 도시의 유별남을 실감하게 한다. 사계가 뚜렷한 산티아고는 지중해성 기후로 겨울에도 눈이 쌓이는 일이 거의 없을 정도로 온난하다. 또한 대도시임에도 불구하고 잘 가꾼 산림 공원도 많다.

LATIN ROMANCE
CHILE
Hostal
Restoran
Casa
Adobe

32일간의 라틴아메리카 배낭여행 일정표

1 uno
인천 공항에서 홍콩으로 출발
홍콩 도착(비행기, 3시간 30분 소요)
요하네스버그로 출발

2 dos
요하네스버그 도착(비행기, 12시간 소요)
상파울루로 출발
상파울루 도착(비행기, 10~12시간 소요)
헤프블리카 광장, 시내 관광

3 tres
메트로 폴리타나 대성당, 르베르다데 거리, 시케이라 캄포스 공원 관광
리우데자네이루로 출발
리우데자네이루 도착(버스, 4~5시간 소요)

4 cuatro
메트로 폴리타나 대성당, 마라카낭 축구장, 코르코바도 언덕, 팡데아수카르 관광

5 cinco
코파카바나, 이파네마 해변 관광
포스도 이과수로 출발

6 seis
포스도 이과수 도착(버스, 21~22시간 소요)
시내 관광, 브라질·아르헨티나·파라과이 3국 쇼 관람

7 siete
아르헨티나 이과수 폭포에서 스피드 보트 탑승, 악마의 목구멍 관광

8 ocho
이타이푸 댐, 브라질 이과수 폭포, 새 공원 관광
부에노스아이레스로 출발

9 nueve
부에노스아이레스 도착(버스, 15~17시간 소요)
국회 의사당, 5월 광장 관광, 탱고 쇼 관람

10 diez
레콜레타 지구, 보카 지구 관광
부에노스아이레스로 출발
리마 도착(비행기, 4시간 소요)

11 once
아르마스 광장 관광
피스코로 출발
피스코 도착(버스, 3~4시간 소요)

12 doce
바예스타스 섬, 이카 와카치나 오아시스 관광

13 trece
나스카 관광
쿠스코로 출발

14 catorce
쿠스코 도착(버스, 12~13시간 소요)
아르마스 광장(카테트랄, 코파아 교회, 로레토 거리의 12각돌), 종교 예술 박물관, 메르셋 교회, 메르카도 시장 관광

15 quince
삭사이와망, 켄코, 푸카푸카라, 탐보마차이, 올란타이탐보, 친체로 관광

SANTUARIO HISTORICO DE
MACHUPICCHU

라틴 로맨스

세상 끝, 내 삶에 바람이 불었다

펴낸날 2008년 11월 24일 초판 1쇄

글·사진 강수정
펴낸이 이태권
펴낸곳 소담출판사
　　　　서울시 성북구 성북동 178-2 (우)136-020
　　　　전화 745-8566~7 **팩스** 747-3238
　　　　e-mail sodam@dreamsodam.co.kr
　　　　등록번호 제2-42호(1979년 11월 14일)
　　　　홈페이지 www.dreamsodam.co.kr

ISBN 978-89-7381-949-2 03810

PACIFIC OCEAN
태평양
ATLANTIC OCEAN
대서양
LATIN AMERICA
CHILE
ARGENTINA
URUGUAY
PARAGUAY
산페드로
산티아고
[레골레타]
부에노스 아이레스
파타고니아
리오그란데
우수아이아
[이과수 폭포]
상파울루
리우데자네이루
[팡데아수카르/코파카바나 해안]
지도 그림 | 홍원표

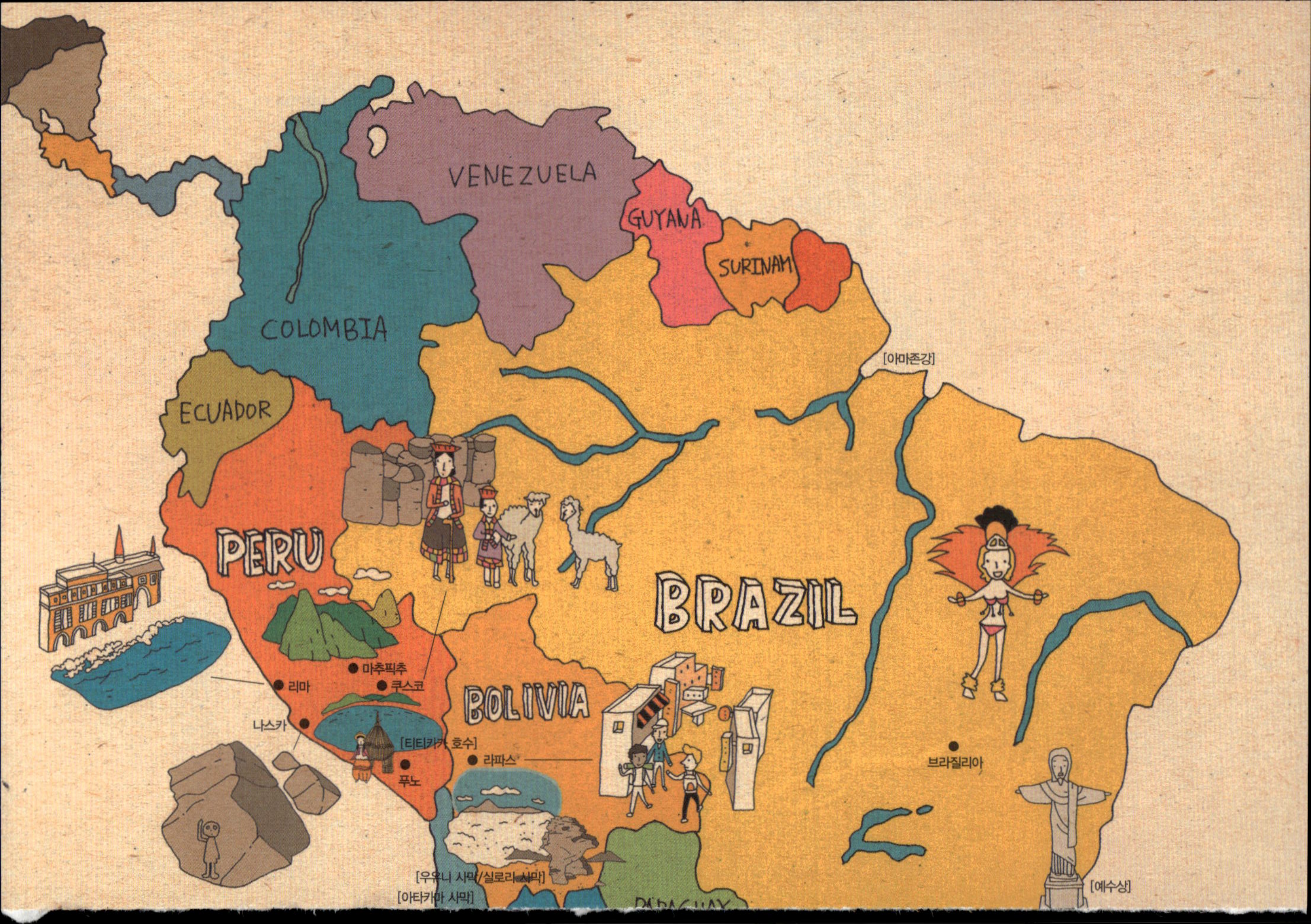

VENEZUELA
GUYANA
SURINAM
COLOMBIA
ECUADOR
PERU
BRAZIL
BOLIVIA
PARAGUAY
[아마존강]
마추픽추
리마
쿠스코
나스카
[티티카카 호수]
라파스
푸노
브라질리아
[우유니 사막/실로리 사막]
[아타카마 사막]
[예수상]